Erotische overheersing en onderwerping Deel 8

Erika Sanders

serie

Overheersing en erotische onderwerping

samenvatting

3

Is een compilatie van sterke romans Erotische BDSM-inhoud behorende tot de collectie Domination and erotic submission, een reeks romans met een hoog romantisch en erotisch BDSM-gehalte.

Deze compilatie bevat de romans:

- BDSM fantasie.

- BDSM fotograaf.

(Alle personages zijn 18 jaar of ouder)

Opmerking van de uitgever:

Erika Sanders is een internationaal bekende schrijfster, vertaald in meer dan twintig talen, die haar meest erotische geschriften, ver van haar gebruikelijke proza, signeert met haar meisjesnaam.

Inhoudsopgave:

samenvatting

Opmerking van de uitgever:

Inhoudsopgave:

BDSM FOTOGRAAF VAN ERIKA SANDERS

EERSTE DEEL De vacature

HOOFDSTUK 1

HOOFDSTUK 2

HOOFDSTUK 3

TWEEDE DEEL De slavenkamer

HOOFDSTUK 4

HOOFDSTUK 5

HOOFDSTUK 6

HOOFDSTUK 7

HOOFDSTUK 8

DERDE DEEL Gouden masker en zwarte jurk

HOOFDSTUK 9

HOOFDSTUK 10

HOOFDSTUK 11

VIERDE DEEL Pijn en plezier

HOOFDSTUK 12

HOOFDSTUK 13

NAWOORD

EINDE

BDSM FANTASIE VAN ERIKA SANDERS

HOOFDSTUK I

HOOFDSTUK II

HOOFDSTUK III

HOOFDSTUK IV

EINDE

BDSM FOTOGRAAF
VAN
ERIKA SANDERS

EERSTE DEEL
De vacature

HOOFDSTUK 1

Julia zat in de donkere kamer van haar kleine fotostudio en ontwikkelde fotografische afbeeldingen.

Fotografie is altijd zijn passie geweest en hij maakte er zijn carrière van.

Het dertigjarige meisje keek aandachtig toe terwijl de foto's klaar waren.

Hij hing ze te drogen en nam even de tijd om zijn werk voor een liefdevol gezin te bewonderen.

Julia stopte met werken toen ze de bel hoorde rinkelen nadat de voordeur openging.

Hij liep naar de receptie en zag een oudere vrouw van in de veertig gekleed als iemand die in een heel elegant kantoor werkte.

'Hallo,' zei Julia met een warme glimlach. 'Welkom in mijn fotostudio. Mijn naam is Julia. Hoe kan ik je helpen?'

De werkende vrouw glimlachte terug.

'Hallo Julia. Mijn naam is Catherine.'

Ze gaven elkaar een hand toen Julia achter de toonbank stond.

'Leuk je te ontmoeten, Catherine. Kan ik vandaag iets voor je doen? Ben je op zoek naar iets speciaals?'

'Eigenlijk wel. Ik hou van je werk. Ik denk dat je goed bent in het maken van portretten en het vastleggen van speciale momenten.'

Julia bloosde.

'Bedankt. Ben je hier voor een aanbeveling?'

'Eigenlijk onderzoek. Ik vind de foto's die je op je website hebt geweldig. Je bent een zeer getalenteerde vrouw.'

"Ik doe mijn best".

"Hoe werkt dit proces?" Vroeg Catherine. 'Mensen nemen contact met je op, vertellen je wat ze willen en nemen dan foto's van ze? Ik ben hier duidelijk nieuw in.'

'Meestal is dat hoe het werkt. Soms komen mensen mijn studio binnen om portretten te maken, of soms huren ze me in om bij hen langs te komen.'

"Wat voor soort foto's maak je meestal?"

'Het hangt ervan af,' antwoordde Julia. 'Als ik uit moet, is dat meestal voor bruiloften, ceremonies, diploma-uitreikingen, dat soort dingen. In mijn studio maak ik meestal familieportretten.'

'Vind je het erg als ik je een persoonlijke vraag stel?'

"Verder."

'Verdien je er veel geld mee?'

"Het is een waardig leven."

'Julia, ik zal je tijd niet verspillen,' zei Catherine op zakelijke toon. "Ik wil een fotograaf inhuren voor een reeks fotoshoots. Ik betaal goed geld en heb absolute discretie nodig. Alle foto's zijn gericht op volwassenen."

'Dat zou geen probleem moeten zijn,' antwoordde Julia zelfverzekerd. "Ik heb veel naaktwerk gedaan. Ik voel me hier prettig bij."

"Wat voor ervaring heb je in dit opzicht?"

'Ik heb op de universiteit een aantal naaktkunstlessen gevolgd. In mijn carrière als fotograaf heb ik sensuele naaktportretten voor vrouwen gemaakt. Dat is een vrij algemeen verzoek. Ik neem aan dat je dat wel wilt.'

Catherine glimlachte.

'Niet helemaal. Wat ik doe is een beetje erotischer.'

"Is het pornografisch?" Vroeg Julia voorzichtig.

"Ik ben niet iemand die er van houdt om dingen te labelen. Ik verken de grenzen van de menselijke seksualiteit op een heel speciale manier. Ik heb speciale vrienden en ik wil dat je een aantal van onze sessies documenteert met je unieke vaardigheden. Als fotograaf".

Julia was een beetje verrast.

'Dat kan ik niet. Het spijt me. Geen aanstoot, maar in deze omgeving zou ik waarschijnlijk niet mijn best kunnen doen.'

Catherine stak haar hand in haar tas en legde een visitekaartje op tafel.

'Bedankt voor je tijd,' antwoordde Catherine beleefd. "Als kunstenaar hoopte ik dat je open zou staan voor alle kunstvormen waarbij het menselijk lichaam betrokken is. Als je nieuwsgierig bent naar wat ik doe, bel me dan. Ik hoop nog steeds dat we ooit kunnen samenwerken. Ik wens je er een toe. fijne dag."

'Jij ook. Bedankt voor je komst. Het spijt me dat ik je niet kan helpen.'

'Je hoeft je niet te verontschuldigen. Dit is niet voor iedereen weggelegd. Op de achterkant van mijn kaart heb ik het bedrag geschreven dat ik voor jouw diensten zou betalen. Denk er eens over na.'

Met dat gezegd, draaide Catherine zich om en verliet de kleine studeerkamer.

Het was het meest ongewone aanbod dat Julia had gekregen sinds ze haar eigen fotobedrijf was begonnen.

Er was haar nooit om iets openlijks seksueels gevraagd.

Hij pakte het kaartje en bekeek het.

Tot zijn verbazing bekleedde Catherine een leidinggevende functie bij een grote investeringsbank in de stad.

Julia draaide de kaart om en zag de prijs die Catherine bereid was te betalen en was verrast.

HOOFDSTUK 2

Later die avond dacht hij.

Voordat ze naar bed ging, was Julia nog nieuwsgierig, hoewel een deel van haar bij Catherine weg wilde blijven.

Hij ging naar het vuilnis waar hij het in had gegooid en haalde Catherines visitekaartje tevoorschijn, dat er een bal van had gemaakt.

Hij vouwde het open en keek nog eens.

Daarna ging hij naar zijn computer voor een snelle beoordeling.

Na een snelle zoektocht vond Julia de LinkedIn-pagina van Catherine.

Catherine was een ervaren zakenvrouw in een hogere functie bij een grote investeringsbank.

De hoeveelheid ervaring die Catherine op hoog niveau had, kwam als een verrassing voor Julia.

Julia vervolgde haar zoektocht online en vond Catherine's Facebook-pagina, die voor iedereen toegankelijk was.

Hij keek naar de persoonlijke foto's van de zakenvrouw.

Catherine was mooi, elegant, verfijnd en had een heerszuchtige uitstraling.

Julia vroeg zich af waarom zo'n vrouw geïnteresseerd zou zijn in het maken van expliciete foto's.

Maar ze hebben duidelijk allemaal hun geheimen, dacht Julia.

De intrige was genoeg om Julia van gedachten te doen veranderen.

Hoe vies kunnen deze foto's zijn?

Ze moesten beslist smaakvol zijn.

Hij opende zijn e-mail en schreef een bericht aan Catherine:

"Hallo Catherine

Ik hoop dat je plezier hebt. Ik ben Julia van de fotostudio. Ik heb veel over uw aanbod nagedacht en zou mijn standpunt hierover kunnen heroverwegen als u nog steeds met mij wilt samenwerken. Maar eerst heb ik een paar vragen. Is er een redelijke tijd dat we kunnen telefoneren? Of wil je doorgaan met communiceren via e-mail? Laat het me weten.

Pas op,

Julia '

Hij keek op zijn horloge en het was vijfentwintig om elf uur.

Julia zette haar computer uit en keek nog eens naar het visitekaartje.

Hij draaide het om en keek naar Catherines handgeschreven briefje: vijfhonderd dollar per uur.

Ze was pas nieuwsgieriger geworden toen ze naar bed ging.

HOOFDSTUK 3

13

De volgende ochtend was een typische ochtend voor Julia.

Als er geen leads of klanten in zijn kleine studio waren, bracht hij zijn tijd door in de donkere kamer om meer foto's te ontwikkelen.

Het was een vervelende klus, maar ze genoot ervan.

Toen hij klaar was, verliet hij de donkere kamer en controleerde zijn laptop op zijn bureau.

Er waren verschillende nieuwe e-mails.

Julia's ogen speurden de lijst met berichten af, waarvan de meeste werkgerelateerd waren.

Wat meteen zijn aandacht trok, was de e-mailreactie van Catherine.

Ze opende het:

Julia

Ik ben blij dat je mijn aanbod hebt overwogen. Het is het beste als we elkaar persoonlijk ontmoeten om dit te bespreken. Kom vrijdagochtend om acht uur naar mijn kantoor. Ik maak een afspraak voor de receptie en mijn secretaresse laat je binnen.

Catherine '

De korte e-mail was meer dan genoeg om Julia's interesse weer op te wekken.

Ze stak haar hand in haar tas en zocht op Catherine's visitekaartje het adres van haar kantoor in het centrum.

Ze zocht via internet naar een routebeschrijving om er van huis uit te komen en zorgde ervoor dat haar schema voor vrijdagochtend duidelijk was.

TWEEDE DEEL
De slavenkamer

14

HOOFDSTUK 4

Julia stond zenuwachtig in de lift terwijl hij het grote gebouw in klom.

Ze droeg een overhemd met knoopsluiting en een kantoorrok om er passend uit te zien in de zakelijke omgeving.

Toen de lift eindelijk de verdieping bereikte, zocht Julia verlegen naar Catherine's kantoor in het vreemde gebied voor haar.

Toen hij haar vond, benaderde hij een jonge secretaresse die hem het kantoor binnenliet.

Hij slikte moeizaam toen hij binnenkwam en besefte dat hij zojuist Catherine's kantoorwerk had onderbroken, wat het op dat moment ook was.

'Ga alsjeblieft zitten,' zei Catherine beleefd van achter haar bureau. 'Ik ben blij dat je van gedachten bent veranderd over een mogelijke relatie.'

Julia ging zitten en ontspande zich.

'Nou, ik heb erover nagedacht en ontdekte dat het waarschijnlijk iets met een goede smaak is.'

'Kijk naar mijn kantoor. Natuurlijk is alles wat ik doe smaakvol', zei de zakenvrouw gekscherend.

"Ik kan dat zeker zien."

'En ik weet zeker dat het geld dat ik aanbied je heeft overtuigd, klopt dat?'

Julia bloosde.

"Dat hoort erbij."

'Goed,' beaamde Catherine. 'Ik waardeer uw eerlijkheid. Het is geen schande om meer geld te willen.'

"Geld is altijd goed. Ik ben niet bepaald rijk. Maar bovenal houd ik van de kunst van fotografie. Ik hou ervan om foto's te maken van mensen die een leven lang meegaan. Je lijkt een heel interessant persoon te zijn en je verhaal is van mij Foto's om een kans te vertellen die hij gewoon niet kon missen. "

'Ik wist dat ik de juiste vrouw voor de baan had uitgekozen,' glimlachte Catherine.

'Zou je me een idee willen geven van wat je wilt? Ik begrijp je behoefte aan discretie gezien het onderwerp. Maar op dit punt zou ik graag willen weten waar ik aan begin.'

"Kent u slavernij en de BDSM-levensstijl?"

Julia was verrast.

"Ja dat ben ik."

'Wat kun je me erover vertellen?'

Julia dacht even na.

'Niet veel. Ik ken alleen de clichés die ik op tv zie. Je weet wel, zwepen, kettingen, leer. Zoiets.'

"Dat is maar een klein aspect van de fetisj", legt Catherine uit. "Echte BDSM gaat over dominantie en onderwerping. Het gaat over het verliezen van macht en het volledig overgeven aan een ander. Natuurlijk, veilig en met wederzijds goedvinden. Zwepen en kettingen zijn slechts hulpmiddelen om een specifiek doel te bereiken."

'Is ze als een minnaar of zoiets?' Vroeg Julia verlegen.

'Ik hou niet van etiketten. Maar ik denk dat het wel bij die beschrijving past. Vind je het erg?'

"Helemaal niet. Um, ik denk dat vrouwelijke empowerment iets geweldigs is."

'Ik ook,' beaamde Catherine. "En je zult een grote vrouwelijke empowerment zien als je mijn speciale kamer binnenloopt. De meeste van mijn subs zijn krachtige ondernemers in hun dagelijks leven. Ze doen er alles aan om mij privé op mijn knieën te krijgen."

"En jij?"

"Wat ben ik?"

"Ben jij ook aan het indienen?" Vroeg Julia.

Catherine glimlachte.

'Natuurlijk wel. Ik zou dit niet doen als ik niet elke seconde zou liefhebben.'

'Hoe werkt dat? Ik bedoel, komen ze je bezoeken? En wat dan? Sla je ze af of zo?'

'Ik heb een speciale bondage kamer op mijn zolder,' antwoordde Catherine. "Ik ontmoet verschillende subs uit de zakenwereld. Het is exclusief. Meestal in het weekend. Slechts een uur."

"Waarom een uur?" Vroeg Julia.

"Naar mijn mening is dit de perfecte tijd. Als het te lang zou duren, zouden de dingen op een slechte manier pijn doen. Als het te kort was, zou er niet genoeg voorspel zijn om dingen op te bouwen. Een uur is de perfecte tijd om Bouwen. Een ongelooflijk hoogtepunt ".

"Klinkt provocerend."

'Wacht maar tot je het ziet,' zei Catherine. "Ik draag een gouden masker. Het is als een alter ego dat ik heb. Zodra het masker op is, word ik een ander mens. Als mensen denken dat ik een slet ben op kantoor, wacht dan bij mij op mij." ben mijn bondage kamer met het masker en een zweep in de hand.

Julia voelde zich aangetrokken tot Catherine.

Het was een nieuwe wereld van seksuele vrijheid die niet werd beperkt door persoonlijke remmingen.

Ik weigerde het op een bepaalde manier, maar tegelijkertijd was het volkomen fascinerend.

Ik kon niet wachten om het te zien en voor de camera te krijgen.

'Je wilt dat ik de hele ervaring fotografeer, nietwaar?' Julia vroeg om het duidelijk te maken.

'Ik wil dat je foto's maakt van alles behalve gezichten. Discretie is van het grootste belang, aangezien mijn ondergeschikten meestal rijke mensen zijn. Ze mogen niet weten wie ze zijn. Ze worden de hele tijd gemaskeerd.'

Julia's vingers trilden.

"Ik zal eerlijk zijn. Dit lijkt me allemaal vreemd. Ik ben nog nooit gevraagd om deel uit te maken van zoiets. Ik heb deze dingen niet eens op video gezien, wat niet betekent dat ik geen porno heb gezien. Het is allemaal erg nieuw voor mij. "

'Dus ik benijd je,' antwoordde Catherine.

"Echt waarom?"

'Omdat je dit voor het eerst met maagdelijke ogen zult onderzoeken.'

"Dat zal zeker het geval zijn," antwoordde Julia.

"Vertel eens, ben je blij met je seksleven?"

"Wat bedoelt u?"

"Ben je seksueel tevreden?" Vroeg Catherine botweg. "Kom je zoals je wilt? Wil je betere orgasmes hebben? Wil je dat iemand je met lichaam en ziel neukt?"

Julia was verrast door de vragen van de gerespecteerde zakenvrouw.

"Mijn seksleven kan beter", gaf hij toe. 'Ik ben vrijgezel. Ik ben al heel lang niet meer samen. Het is de persoonlijke prijs die ik betaal voor het runnen van mijn eigen bedrijf.'

"Dus je masturbeert waarschijnlijk veel."

"Min of meer."

Catherine pakte een pen en een notitieblok en begon te schrijven.

Toen hij klaar was, gaf hij Julia het briefje.

'Dit is het adres van mijn appartement,' zei Catherine. "De volgende shoot is zaterdagavond om 22.00 uur. Kom niet te laat. Je krijgt vijfhonderd dollar voor het hele uur. Maak foto's van alles wat je maar wilt, behalve gezichten of iets dat kan worden gebruikt om mensen te identificeren De foto's zijn allemaal van mij. Post ze alsjeblieft nergens. Mijn secretaresse heeft een geheimhoudingsverklaring en formulieren die je kunt ondertekenen als je mijn kantoor verlaat. Dat is alles voor nu. "

Julia stond op.

'Dank je. Ik kijk uit naar onze ontmoeting op zaterdag.'

Catherine stond ook op en de twee vrouwen schudden elkaar de hand om de deal terloops te sluiten.

'Nog een ding, draag een mooie jurk als je langskomt. Ik wil dat je er goed uitziet.'

De uitdrukking op Julia's gezicht veranderde.

Op dat moment had hij zich net gerealiseerd waar hij aan begon.

HOOFDSTUK 5

Na een ontmoeting met de secretaresse om de formulieren en overeenkomsten te ondertekenen, verliet Julia snel het bedrijfspand voor wat frisse lucht.

Zijn geest was een mengeling van emoties.

Ik was nieuwsgierig, maar ik was zenuwachtig.

Ik was gefascineerd maar terughoudend.

Hij realiseerde zich dat dit allemaal aan de leiding was, maar het was te laat om terug te draaien.

Ze had haar woord al gegeven, de contracten getekend en er was geen weg meer terug.

De straat in het centrum was vol en terwijl ze zenuwachtig stond, zag ze de werknemers van het bedrijf naar hun bestemming lopen.

Julia zag een klein straatcafé en liep naar de rij.

Hij had dringend iets sterks nodig om te drinken.

Op het moment dat Julia in de rij stond, hoorde ze een stem die haar van achteren riep.

Ze draaide zich om en zag Catherine's persoonlijke secretaresse met een glimlach op haar af komen lopen.

De secretaresse was verrassend jong, in de twintig, en erg mooi.

'Ben ik iets vergeten te ondertekenen?' Vroeg Julia terwijl de secretaresse naderbij kwam.

'Nee. Dat is allemaal voorbij. Ik heb pauze en wilde met je praten.'

"Oh waarom?"

'Ik weet waarvoor je bent aangenomen,' zei hij. 'Toen je de documenten ondertekende, zag je er bang uit, alsof je een contract voor je leven tekende.'

'Kun je het mij kwalijk nemen dat ik me zo voel?'

De secretaris glimlachte.

'Het is een normaal gevoel. Ik weet precies wat je doormaakt.'

"Je weet het?" Vroeg Julia.

'Ja. Laten we zeggen dat ik een uitgebreid sollicitatieproces heb doorlopen om mijn baan als Catherine's secretaresse te krijgen.'

Het duurde niet lang voordat Julia het verband had.

Hij realiseerde zich onmiddellijk dat de mooie jonge secretaresse Catherine seksueel onderdanig was.

Julia deed haar best om niet verrast te worden.

'Dus jij en Catherine?' Vroeg Julia suggestief en nieuwsgierig.

De secretaris knikte trots.

"Ik solliciteerde naar de baan omdat ik wist dat ik niet gekwalificeerd was om een eersteklas zakenvrouw te zijn. Maar ik dacht dat ik niets te verliezen had. Ze interviewde me persoonlijk. Ik dacht dat ze het leuk vond zoals ik eruitzag. En daarvoor Ik wist dat ik er veel heb getekend met dezelfde documenten die jij hebt gemaakt. Toen liet ze me haar privé-avonturenwereld binnen. '

'Waarom vertel je me dit? Ik wil niet grof klinken, maar dat is niet precies de informatie die moet worden gedeeld.'

'Het lijkt erop dat je misschien een vriend nodig hebt. Ik wil niet dat je zenuwachtig bent.'

"Bedankt," antwoordde Julia. 'Maar ik ben al zenuwachtig. Ik kan het niet helpen dat ik het gevoel heb dat ik een grote fout heb gemaakt. Ik weet niet zeker of ik zo'n fetisj aan kan.'

"Ik dacht hetzelfde toen ik me met haar begon te bemoeien. Ik was bang de eerste keer dat ik haar bondagekamer zag. Mijn handen beefden toen we het proces begonnen. Maar nu kan ik niet meer zonder."

'Waarom ben je van gedachten veranderd?' Vroeg Julia.

"Genoegen."

HOOFDSTUK 6

Zaterdagnacht.

Julia ging het appartement binnen met haar camera in haar zak en droeg een gele jurk die ze speciaal voor de gelegenheid had gekocht.

Het was negen uur 's ochtends.

Hij arriveerde een uur voor de afspraak toen hij de lift nam.

Op tijd zijn was een onderdeel van het werk.

Toen ze op de grond viel, ging Julia naar het appartement van Catherine en belde.

Hij hoefde niet lang te wachten tot Catherine op blote voeten de deur opendeed in een zijden gewaad.

Catherine's haar was goed verzorgd, net als haar perfecte make-up.

'Je bent vroeg,' glimlachte Catherine.

"Ik kom altijd graag vroeg aan. Is het een probleem? Ik kan altijd wat later terugkomen ..."

'Nee, nee, het is oké. Kom binnen. Ik ben blij dat je vroeg bent. Het geeft ons de gelegenheid om meer te praten.'

Julia kwam het appartement binnen en was door alles verbaasd.

'Leuke plek,' zei Julia bewonderend. 'Dat is geweldig. Ik heb nog nooit zoiets in de stad gezien.'

'Er zullen vanavond veel dingen zijn die je nog nooit eerder hebt gezien.'

'Ik weet zeker dat je gelijk hebt. Mag ik je bondagekamer zien? Ik wil er nu graag wat foto's van maken.'

'Nog niet,' antwoordde Catherine. 'Ik wil dat je foto's maakt als het allemaal begint, niet eerder.'

"Goed."

"Een beetje bang?"

Julia dacht even na.

'Iets. Maar het gaat goed. Ik ben beslist nieuwsgierig. Ik heb nog nooit zoiets meegemaakt.'

'Jij bent het type vrouw dat hiervan zal genieten. Ik voel het.'

"Waarom zeg je dat?"

'Ik doe dit al een hele tijd,' antwoordde Catherine. 'Ik kan veel vertellen over de seksuele gewoonten van mensen door er gewoon naar te kijken. Na vanavond ben je zeker terug. Je zult verslaafd zijn. Geloof me.'

Julia voelde zich plotseling ongemakkelijk bij de veronderstelling van Catherine.

Ze probeerde professioneel en serieus te zijn.

'Dus wat kun je me vanavond vertellen over de gast?' Vroeg Julia en veranderde van onderwerp.

'Hij is rijk. Hij is een oude vriend van me. Ik krijg meestal zakelijk advies van hem, maar seksueel neemt hij zijn bevelen van mij over. Je zult zijn gezicht niet zien en je zult zijn identiteit niet kennen.'

'Wanneer komt hij aan?'

'Het is hier,' glimlachte Catherine.

"Hij is ...?"

Catherine wees door de gang.

'Het is in mijn hoofdkamer. Wil je dat we kijken?'

Beide vrouwen liepen door de gang van het luxe appartement.

Julia's hartslag nam toe alsof ze een cardiotraining deed.

Haar hart klopte snel toen Catherine de deur naar de ouderslaapkamer opendeed.

'Daar is het,' zei Catherine.

Julia schrok bijna toen ze een man van middelbare leeftijd op het bed zag zitten die alleen zijn ondergoed droeg.

Zijn gezicht en hoofd waren bedekt met een zwart leren masker.

Er zaten gaten in zodat hij kon zien en spreken.

Hij keek Julia recht aan.

Zijn lichaam weerspiegelde haar leeftijd en zijn figuur was zacht en mollig.

Haar handen waren vastgebonden met een touw.

"Wat denk je?" Vroeg Catherine met een boze glimlach.

"Ik weet niet wat ik ervan moet denken".

'Nou, ben je bang voor wat ik met hem ga doen? Vind je dat opwindend? Je moet wat ideeën hebben.'

"Het is zeker een zeer provocerende foto."

Catherine glimlachte.

"Als je denkt dat dit provocerend is, wacht dan tot de show begint. Het is echter geen tijd."

Hij deed de slaapkamerdeur dicht en ze bleven in de gang staan.

'Ondertussen,' zei Catherine, terwijl ze het lichaam van de fotograaf bestudeerde. 'Ik dacht dat ik je had gezegd dat je vanavond een mooie jurk moest dragen.'

Julia keek even naar haar goedkope gele jurk.

'Sorry. Dat was het beste dat ik kon vinden.'

'Het is niet goed genoeg. Volg mij.'

De twee vrouwen gingen naar een andere kamer aan het einde van de gang.

Het was een logeerkamer die net zo indrukwekkend was als de hoofdkamer.

De kamer was netjes en het bed leek pas opgemaakt.

Catherine deed de kast open en keek even door de grote selectie dure kleren.

Toen hij vond wat hij zocht, gooide hij het op het bed.

Het was een slanke, elegante zwarte jurk.

'Doe maar aan,' zei Catherine. 'Ik wil niet dat je meer dan dat draagt, zelfs je schoenen niet.'

"Hoe zit het met mijn beha en slipje?"

'Geen van beide. Is dat een probleem?'

Julia schudde haar hoofd.

"Niet."

'Goed. Kleed je aan in deze kamer. Ik ben zo terug als ik mijn laarzen aan heb en die mantel uitdoe.'

"Goed."

"Ben je hier klaar voor?" Vroeg Catherine.

"Ik ben."

'Je ziet er ongemakkelijk uit. Het is oké om zenuwachtig te zijn. Maar als je niet verder wilt, is dat ook oké. Ik kan altijd wel iemand vinden en ik zal je zelfs voor vanavond betalen.'

Julia haalde diep adem.

'Nee. Ik wil dit doen. Ik doe de jurk aan en ben klaar als jij dat bent.'

"Uitstekend," glimlachte Catherine voordat ze zich omdraaide om weg te lopen.

Julia bleef alleen achter in de luxe gastenkamer.

Ze keek naar de zwarte jurk die op het bed lag en vroeg zich af hoeveel die waard zou zijn.

Het leek duur.

Ze liet de camera zakken, trok haar gele jurk uit en gooide hem op het bed.

Hij deed zijn schoenen uit.

Uiteindelijk, zoals Catherine had gevraagd, trok ze haar beha en slipje uit en stond naakt in de kamer.

Hij staarde naar haar naakte uiterlijk in de spiegel en merkte hoe normaal ze eruitzag.

Ze nam de zwarte jurk aan, trok hem aan en keek toen weer naar zichzelf in de spiegel.

Deze keer zag ze er heel anders uit.

Ze zag eruit als een vrouw van klasse en elegantie.

'Leuk,' zei Catherine's stem vanuit de gang.

Julia was verrast dat ze naar haar hadden gekeken, maar ze wist niet zeker hoe lang.

Zijn ogen werden groot toen hij Catherine zag in een zwart korset en lange zwarte laarzen.

Catherine's uiterlijk stond in schril contrast met haar gebruikelijke werkkleding.

"Oh dankjewel", antwoordde Julia kalm. 'Jij ziet er ook mooi uit.'

'Nu is het zover. Ik heb mijn speciale kamer ontgrendeld. Het is in de gang. Wacht daar op me met je camera en ik neem onze speciale gast mee. Je kunt de foto's vrijelijk maken zoals je wilt. Ik zal. Ik zal.' geef het je niet. " Instructies om uw klus te klaren. Het is aan jou. "

"Heel erg bedankt."

Catherine deed een stap opzij en gaf Julia aan dat het tijd was om alleen naar de bondagekamer te gaan.

Julia haalde zacht adem en liep langs Catherine met haar grote camera in de hand en liep door de gang de open kamer in.

HOOFDSTUK 7

De bondagekamer was groot en de muren waren bedekt met zwarte kussens.

Het was een heel goed verlichte kamer.

Julia's ogen dwaalden over de verschillende seksartikelen en gadgets die er te zien waren.

Er was een grote verscheidenheid aan dildo's, seksspeeltjes, kettingen en klemmen.

Er waren een stoel en een tafel in de kamer die de enige beschikbare meubels waren.

Aan de muur hing een grote klok om ervoor te zorgen dat elke sessie precies een uur duurde.

Pas toen ze het geluid van Catherines hakken op de grond hoorde klikken, herinnerde Julia zich dat ze een bepaalde taak te doen had.

Ze kwamen aan en Julia maakte haar camera klaar om foto's te maken.

Het eerste dat Julia zag toen ze de kamer binnenkwam, was de man van middelbare leeftijd met zijn handen nog steeds vastgebonden en zijn gezicht nog steeds bedekt om zijn identiteit te beschermen.

Julia nam een foto van hem.

Toen kwam Catherine de kamer binnen.

Hij droeg een glanzend gouden masker dat zijn gezicht bedekte, maar zijn haar liet los.

Het masker zag eruit alsof het in de 15e eeuw voor een koninklijke familie was gemaakt, dacht Julia.

Julia nam foto's van Catherine, die de man de kamer binnenleidde en toen de deur sloot.

Julia keek nieuwsgierig toe terwijl de gebonden man moest knielen.

Catherine beval hem om op zijn knieën te gaan en te zwijgen.

Julia heeft nog meer foto's gemaakt.

Catherine ging naar haar verzameling seksspeeltjes en zocht wat ze wilde.

Uiteindelijk koos hij voor een lange, vleeskleurige dildo.

Maar ze was nog niet klaar.

Ze bond de dildo aan een riem en legde hem vervolgens over haar leren korset.

Julia heeft nog meer foto's gemaakt.

'Ben je vanavond klaar?' Vroeg Catherine haar onderdanige echtgenoot.

"Mmm ... Hmmm ..." mompelde hij als antwoord.

'Brave jongen,' zei Catherine op neerbuigende toon. 'Nu wil ik dat je kleine reet over de tafel wordt gebogen.'

De man stond op en ging op de tafel staan, zijn buik erop en zijn benen uit elkaar.

De man bewees dat hij dit al verschillende keren eerder had gedaan en dat hij van elk moment genoot, hoe stormachtig of vernederend de ervaring voor een normaal persoon ook leek.

Catherine nam een kleine houten schop en begon zachtjes op de billen van de man te kloppen.

In het begin was het zacht, alsof ze voor zijn welzijn zorgde.

Met de schop begon hij hem harder te slaan, dan harder.

De man begon in zijn mond te mompelen terwijl de afranselingen heviger werden.

Julia voelde zich bijna slecht voor hem, maar deed haar werk en nam in plaats daarvan foto's.

'Vind je dat leuk, varkentje?', Zei Catherine, terwijl ze verderging met de schop.

"Mmm ... Hmm ..."

'Ik heb iets anders voor je.'

Catherine legde de schop neer en bond de handen en enkels van de man aan verschillende hoeken van de tafel vast.

Hij is gepakt.

Al zijn vertrouwen werd volledig in Catherine gesteld.

Het was naar zijn wil en zijn genade.

Hij pakte een fles glijmiddel en bedekte een grote hoeveelheid met zijn vingertop.

Julia nam close-ups van Catherine's geoliede vinger.

Toen nam Julia close-ups van de vinger die de anus van de man binnendrong.

Hij kreunde toen Catherines vinger hem doordrong.

Toen stak hij twee vingers in zijn zak.

Dan drie.

Julia vroeg zich af of de man ervan genoot.

Maar dat waren zijn zaken niet.

Julia's taak was om een foto te maken van de penetratie en ze deed het, waarbij de camera alles opnam.

Julia's maag zakte bijna in elkaar toen ze Catherine achter de man zag gaan staan. De grote penis om haar middel wees recht naar het gestrekte achterwerk van de man.

Julia was klaar om te gillen en te smeken in de naam van de hulpeloze man op tafel.

Ze wilde namens hem een einde maken aan deze waanzin.

Maar ze deed het niet.

Het was niet zijn rol.

Haar mond was open van ongeloof en ze liet de camera even zakken zodat ze de anale penetratie met haar eigen ogen kon zien.

Het was een aangrijpende aanblik.

Hij hief de camera, richtte direct op de anale penetratie, en nam meer foto's.

HOOFDSTUK 8

Maandag.

Het was vroeg in de ochtend en Julia stond in haar donkere kamer alle foto's te ontwikkelen die ze voor Catherine had gemaakt.

Er waren in totaal meer dan tweehonderd foto's.

De eerste batches waren klaar.

De beeldkwaliteit was goed en ze bewonderde haar eigen werk.

Hij wist dat Catherine blij zou zijn met de manier waarop hij de bondagekamer veroverde.

Hij wist dat Catherine ook graag zou zien dat de onderdanige man gevangengenomen werd.

Er waren foto's van Catherine in haar outfit en er waren close-ups van het gouden masker.

Julia wierp een korte blik op de rest van de filmstroken die ze had gemaakt.

Hij keek naar de foto's van de man die aan het seksobject zoog, werd geslagen en daarna lange tijd sodomized door de grote riem.

Zijn hartslag ging omhoog.

Toen keek hij naar de foto's van de man die geschokt was door Catherine.

Hij had een enorme lading sperma op de vloer geschoten, die hij vervolgens met zijn tong moest reinigen.

Julia voelde een branderig gevoel tussen haar benen.

Ze werd opgewonden in haar donkere kamer, net zoals ze in Catherine's bondage kamer was geweest.

Ze knoopte haar broek los en streek met haar rechterhand over haar slipje.

Hij zag hoe de film zich ontwikkelde, de man zoog op zijn knieën op de dildo en raakte elkaar seksueel aan.

Hij herinnerde zich alles wat hij voelde toen hij het voor het eerst zag.

Ze stelde zich voor dat hij sodomized werd en dat Catherine hem masturbeerde.

Ze raakte haar aan en dacht aan de man die aan Catherine's tieten zoog.

Hij dacht aan alle verbaal vernederende opmerkingen die hij had gemaakt en aan de moeilijke situatie waarin hij verkeerde.

Toen stelde Julia zichzelf voor in de positie van een man.

Ze vroeg zich af of ze ervan kon genieten om op een dildo te zuigen en in zo'n vernederende houding te worden gesodomiseerd.

Toen ze een orgasme had in de donkere kamer, besefte ze dat het antwoord ja was.

DERDE DEEL
Gouden masker en zwarte jurk

HOOFDSTUK 9

Twee maanden later droeg Julia een nieuwe jurk toen ze Catherine's kantoor binnenliep.

Ze hadden haar uitgenodigd voor een besloten bijeenkomst.

Toen hij zonder aarzelen naar de vloer ging, had hij een kort gesprek met de secretaris en mocht hij Catherine's kantoor betreden.

De twee vrouwen begroetten elkaar met een knuffel en gingen allebei op hun respectievelijke stoelen zitten. Catherine zat achter haar grote bureau en Julia zat tegenover haar.

"Ik kan eerlijk zeggen dat je de beste werknemer bent die ik ooit heb gehad", zei Catherine. "Dat betekent iets, gezien het aantal bekwame mensen dat de afgelopen jaren voor mij heeft gewerkt."

Julia voelde zich trots.

'Bedankt. Ik zal mijn best doen.'

'Vind je het leuk om mij als werkgever te hebben? Ik heb de reputatie een echte slet te zijn, en dat is verdiend.'

"Ik denk helemaal niet dat je een slet bent," antwoordde Julia speels. 'Ik vind je een sterke vrouw. En je bent absoluut de meest fascinerende werkgever die ik ooit heb gehad. Elke week is geweldig. Ik vind het geweldig. Ik kijk altijd uit naar onze ontmoetingen.'

'Nou, helaas zijn uw diensten niet langer nodig,' zei Catherine op een duidelijke zakelijke toon. 'Je hebt je huiswerk gemaakt en foto's gemaakt van al mijn onderdanigen. Ik vind dat je het geweldig hebt gedaan. Je werk overtrof mijn verwachtingen ver.'

Julia was verrast.

Hij had genoten van, kijken naar en fotograferen van Catherine's geheime seksleven.

Zaterdagavond naar haar appartement gaan was haar opwinding van de week.

En hij masturbeerde privé elke keer dat hij thuiskwam.

Hij hield ook van het gezelschap van Catherine wekelijks.

'Nou, ik ben blij dat je van mijn werk hebt genoten,' antwoordde Julia, terwijl ze probeerde niet kapot te klinken.

'Ik ben niet de enige die het leuk vindt. Al mijn mannelijke ondergeschikten zijn het erover eens dat je uitzonderlijk werk hebt verricht met je foto. Je krijgt er een flinke bonus voor. Als je mijn kantoor verlaat, doet mijn secretaresse dit en jij ook.' geef een envelop met het geld ".

"Dat is heel aardig van je."

Catherine glimlachte.

"Het is geen probleem."

'Is er een manier ... we kunnen ... hiermee doorgaan?' Vroeg Julia met alle vertrouwen dat ze kon opbrengen. "Als fotograaf denk ik dat we nog veel meer kunnen ontdekken dan we nog niet hebben gedaan."

Catherine trok een wenkbrauw op.

'Echt? Dus de verlegen kleine fotograaf wil voor mij blijven werken. Dat is interessant.'

'Nou, ik ben geïnteresseerd in je hobby,' gaf Julia ondanks zichzelf toe. "Het is iets fascinerends, en ik denk dat we samen geweldig werk hebben geleverd om kunst te maken."

Catherine dacht er even over na.

'Misschien heb ik nog iets anders voor je. Geen garanties. Maar misschien ligt het buiten je bereik.'

Julia's aandacht werd plotseling getrokken.

"Wat is het?"

"De fetisj van slavernij komt vaker voor in de zakenwereld dan je misschien denkt. Het is erg populair bij machtige mannen omdat ze graag van rol wisselen. Ze houden ervan om verleidelijke vrouwen de baas te zijn nadat ze allemaal de touwtjes in handen hebben. . de dag. Ben je tot nu toe geïnteresseerd? "

"Verzekering."

"Geweldig. Ik zal contact opnemen met de organisatoren om te zien of je kunt deelnemen."

"Evenement?" Vroeg Julia.

"Ja, het is een kleine gebeurtenis die zo nu en dan plaatsvindt. Het is in feite een slavenpartij waar de rijken en machtigen echt plezier hebben, net als volwassenen."

'Dat klinkt als iets dat ik graag zou willen zien.'

Catherine glimlachte.

'Je hebt geen idee. Het is zo smerig en vulgair dat iedereen wordt gemaskeerd. Alles is volkomen discreet. Bovendien is het een traditie.'

"Wat zou ik daar doen?"

"Maak foto's. Wat zou dat anders zijn? Misschien willen de organisatoren een paar mooie foto's voor souvenirs of iets dergelijks."

'Ik kan het zeker,' antwoordde Julia. "Om eerlijk te zijn, sinds ik begon met het maken van foto's van je bondagesessies lijkt al het andere dat ik op het werk doe in vergelijking daarmee erg saai."

Catherine glimlachte.

'Ik wist dat je het leuk zou vinden. Je bent zo'n meisje. Als je me nu wilt excuseren, heb ik over een paar minuten een date.'

'Oh, natuurlijk. Bedankt voor je tijd.'

Julia stond op en stak haar hand uit voor een handdruk voordat ze vertrok.

'Nog een ding,' voegde Catherine eraan toe. 'Mijn andere vrienden spelen niet altijd legaal. Dus als je voor mij wilt blijven werken, moet je veilig zijn.'

"Ik weet het zeker."

Catherine knikte.

'Dat dacht ik al. We houden contact. En we nemen zo snel mogelijk contact met je op.'

HOOFDSTUK 10

Een week later.

Het was dinsdagochtend vroeg.

Julia werd gewekt door een reeks kloppen op de deur.

Hij stond op, keek zichzelf even in de spiegel aan en deed de deur open.

Tot zijn verbazing was het de secretaresse van Catherine die een klein pakketje vasthield.

'Goedemorgen,' zei de secretaris met een stralende glimlach.

"Goedemorgen, kom binnen."

De secretaresse kwam het kleine appartement binnen met het pakket en Julia deed de deur dicht.

'Het spijt me dat ik u zo vroeg stoor', zei de secretaris. 'Ik heb het de rest van de dag druk, dus dit was de enige keer dat ik het heb gehad.'

'Maak je geen zorgen. Wil je koffie of een drankje?' Vroeg Julia.

"Ik maak het prima dankjewel."

'Dus waarom ben je vanmorgen hier?'

"Catherine nam contact op met de organisatoren van het evenement", antwoordde de secretaris. "Iedereen houdt van je werk en vindt je foto's welkom."

"Dit is geweldig nieuws. Ik zou graag aanwezig zijn."

"Er is echter één voorwaarde."

"Wat is het?" Vroeg Julia.

"Het bondage-evenement is exclusief en geen onbekende is toegestaan. Je hebt dus een inwijding nodig voordat je daar foto's kunt maken."

Het nieuws maakte Julia harder wakker dan welke kop koffie dan ook.

"Wat bedoelt u?"

'Er is een introductieproces voor nieuwe leden. Er is mij verteld dat je er niet omheen kunt. Je moet wel als je voor Catherine wilt blijven werken.'

'Nou, wat vereist deze inwijding? Iets extreems?'

'Het verandert elke keer', antwoordde de secretaris. "Ik ben een paar jaar geleden ingewijd en het was vrij rustig. Maar voor andere mensen, wauw. Ik zou niet willen dat zij het waren."

Julia voelde plotseling hoe haar gedachten veranderden.

Hij wilde de baan meer dan wat dan ook en hij wilde Catherine niet teleurstellen door te weigeren.

'Zeg tegen Catherine dat ik het doe,' zei Julia.

De secretaresse glimlachte en legde het pakket op een tafel vlakbij.

'Ze wist dat je geïnteresseerd zou zijn. Dit is voor jou.'

"Wat is het?"

"Open het en je zult het zien."

Julia tilde het deksel van de rugzak op en zag een gouden masker op een dunne zwarte doek.

Het masker was elegant en vergelijkbaar met het masker dat Catherine tijdens elke bondagesessie draagt.

"Waar is het voor?" Vroeg Julia, terwijl ze het masker pakte om het te onderzoeken.

'Je moet haar naar het evenement dragen. Ze is van hetzelfde type als Catherine, waardoor mensen weten dat je hun gast en onderdanig bent.'

Julia bleef hem aankijken.

"Het is een prachtig masker."

"Zeker. Er zit ook een outfit in het pakket. Je moet het dragen. Niets anders dan hakken."

Julia tilde de dunne zwarte doek uit de rugzak.

Het was volledig transparant.

'Kan ik er niets anders onder dragen?' Vroeg Julia.

"Nee, niets. Het evenement begint op zaterdag om 19.00 uur. Een chauffeur haalt je op om 18.00 uur. Dus wees voorbereid. Je kunt een jas dragen die je lichaam bedekt als je bij de auto komt, maar trek eraan Kom naar het evenement. Vergeet niet je masker en camera mee te nemen. "

"Mag ik je een persoonlijke vraag stellen?"

"Tuurlijk," antwoordde de secretaris.

'Denk je dat ik hier doorheen kan komen? Ik bedoel, denk je dat ik kan omgaan met wat er op het evenement gebeurt?'

De secretaris glimlachte.

Er is maar één manier om erachter te komen. "

HOOFDSTUK 11

Zaterdagnacht.

De liftdeur ging open en Julia liep snel door de lobby van haar flatgebouw.

Ze droeg hoge hakken en een grote jas.

Daaronder droeg ze de doorzichtige zwarte jurk en verder niets.

Hij hield het pakket met het gouden masker en een andere doos met zijn camera in zijn hand.

Ze ging zo snel als ze kon, zodat niemand haar kon zien.

Een zwarte auto stond hen op te wachten en de chauffeur hield het portier open.

Toen hij in de auto stapte, zag hij Catherine op de achterbank zitten.

Zodra Julia zat, sloot de chauffeur de deur en reed naar haar bestemming.

'Je ziet er schattig uit in die outfit,' zei Catherine. "Het is leuk je te zien in iets sexyers dan wat je normaal draagt."

'Bedankt. Je ziet er ook geweldig uit.'

Julia's ogen gingen over Catherines lichaam, dat veel naakter was.

Catherine schaamde zich niet om in de auto te zitten met alleen een dunne zwarte jurk aan.

Elke ronding op haar lichaam was volledig zichtbaar en haar grote bruine tepels waren door het dunne materiaal heen te zien.

'Je lijkt een beetje zenuwachtig,' zei Catherine.

'Min of meer. Dit hele proces vind ik behoorlijk intimiderend. Ik hoorde dat er een inwijding was die ik moest doorlopen.'

Catherine glimlachte.

'Je hebt het juiste gehoord.'

'Kun je me tenminste een idee geven van wat er gaat gebeuren?' Vroeg Julia verlegen.

'Ik ben niet bang, lieverd. Maar maak je geen zorgen. Je bent in goede handen.'

'Ik hoop het. God, dit is een beetje eng.'

"Waarom ben je hier dan?" Vroeg Catherine botweg. 'Wat is de echte reden? Het moet meer zijn dan professionele nieuwsgierigheid. Geef toe, je bent een geheime hoer.'

"Ik ben geen hoer."

'Dan moet ik misschien de chauffeur vragen deze auto om te draaien en terug te brengen naar uw appartement.

"Wacht," antwoordde Julia snel. 'Ik ben hier omdat ik het leuk vind wat je doet. Ik vind het spannend. Ik wil naar je blijven kijken.'

'Heb je fantasieën over mee te gaan? Heb je er ooit aan gedacht om in elkaar geslagen te worden en gedwongen te worden om samen met jou een riem te dragen in een van je nauwe gaatjes?'

"Ja ik wil."

Er verscheen een boze glimlach op Catherine's gezicht.

'Natuurlijk. Ik wist dat je onderwerpingsvermogen had vanaf de dag dat ik je studio binnenkwam. Meestal blijken de stille meisjes de grootste sletten te zijn.'

"Ik ben geen hoer."

'Inwijding zou ervoor moeten zorgen. Onthoud dat niemand je dwingt hier te zijn. Je kunt gaan wanneer je maar wilt.'

Een huivering van angst en opwinding ging over Julia's ruggengraat.

Hij vroeg zich af waar Catherine het over had, maar Catherine draaide haar hoofd alleen met een lichte glimlach om en keek uit het autoraam.

VIERDE DEEL
Pijn en plezier

41

HOOFDSTUK 12

Beveiligingspoortjes werden geopend en de auto mocht het grote pand binnen.

De auto stopte voor een villa en de twee vrouwen stapten uit.

'Hier zetten we onze maskers op,' zei Catherine. 'En doe je jas uit. Tijd om te pronken met je mooie lichaam.'

Julia trok haar jas uit en gooide hem in de auto.

Een licht briesje herinnerde hem eraan hoe kwetsbaar hij was.

Ze voelde de ruimte tussen haar benen tintelen van de koude lucht.

Haar roze tepels verstijfden na een tweede briesje.

Julia sloot haar benen stevig om haar vrouwelijkheid te verbergen.

Beide vrouwen zetten hun gouden maskers op.

Julia reikte in de auto en pakte haar camera.

Ze sloten de deuren en de auto reed weg.

De ingang van het landhuis werd bewaakt door twee sterke mannen.

Ze droegen ook maskers en zwegen toen de twee vrouwen op hen af kwamen.

"Wachtwoord, alstublieft," vroeg een van de gemaskerde beveiligers.

'Handdoek,' antwoordde Catherine.

"Je kunt doorgaan dames."

De bewaker opende de deur en ze gingen de villa binnen.

Julia was verbaasd over de extravagantie van het gebouw.

Het zag eruit alsof het was gebouwd voor een koninklijke familie.

Schilderijen, decoraties en verzamelobjecten hingen aan de muren.

De ingang waardoor ze binnenkwamen, was bedekt met een grote rode loper.

Ze gingen door een grote hal.

'Je moet even wachten in de logeerkamer,' zei Catherine. 'Binnenkort zal er iemand naar je op zoek zijn.'

Julia haalde diep adem.

"Goed."

'Het komt wel goed. Kalmeer.'

'Kun je me vertellen wat er gaat gebeuren?' Vroeg Julia. "Ik zou minder zenuwachtig zijn als ik het wist."

'Nee. Wacht in de kamer tot iemand je komt halen. Laat je masker op en laat je camera daar liggen. Er is later genoeg tijd om foto's te maken.'

Catherine deed de deur open en gebaarde Julia de kamer binnen te komen.

De logeerkamer was eenvoudig met wat houten meubilair.

Julia haalde diep adem en ging naar binnen.

HOOFDSTUK 13

Hij verloor uit het oog hoe lang hij had gewacht.

Ze deed haar masker nooit af.

Nadat ze zich bij het zitten en wachten verveelde, ging Julia voor een spiegel staan en keek elkaar aan.

Het masker was erg leuk.

En hij bleef maar denken aan hoe haar roze tepels en vagina zichtbaar waren door de dunne stof van de jurk.

Ze vroeg zich af wat haarzelf was en waarom ze daar was.

Voordat hij verder kon nadenken, werd er op de deur geklopt.

Een vrouw kwam volledig naakt binnen, met alleen een gouden masker op.

'Volg mij,' zei de naakte vrouw met zachte stem.

Julia volgde haar de kamer uit en de gang in.

Het was donkerder geworden.

Veel van de lichten waren uit en grote aantallen kaarsen brandden in alle richtingen.

In de gang stond een groep gemaskerde mensen.

Sommigen waren naakt, anderen droegen pakken.

Ze droegen allemaal maskers.

Ze stonden in een kring, met Catherine in het midden.

Catherine was helemaal naakt behalve het masker.

Het was de eerste keer dat Julia Catherine's volledig naakte lichaam zag.

Julia bewonderde haar strakke figuur en de weelderige rondingen met de grote bruine tepels.

Julia werd naar het midden van de cirkel geleid en ging voor Catherine staan.

De andere gemaskerde gasten in de kamer zwegen.

'Welkom Julia,' zei Catherine. "De commissie heeft besloten om ze in onze privéclub op te nemen. Het was geen gemakkelijke beslissing, maar door de kwaliteit van hun werk en hun discretie konden ze lid worden. Er zijn echter voorwaarden voor die acceptatie. Zou je willen weten wat ze zijn?"

'Ja,' knikte Julia zenuwachtig.

"Ten eerste moet je seksuele onderwerping ervaren zodat de groep het kan zien. Ten tweede moet ik tijdens het proces vijftien kledingklemmen om je lichaam dragen. Ten slotte moet je het volgende uur minstens twee keer klaarkomen. Alle voorwaarden zijn verplicht. Dat kan. Dat kan." accepteren of gaan. "

Julia haalde diep adem.

"Ik ga akkoord."

'Vertel ons waarom je het accepteert. Waarom zou je willen dat je zulke pijnlijke en vernederende daden wordt aangedaan? Je bent een heel lief meisje.'

Julia dacht even na.

"Het zien van je sessies van de afgelopen twee maanden heeft mijn ogen geopend voor iets nieuws. Ik wil er deel van blijven uitmaken."

'Zelfs als het betekent dat je door deze inwijding moet gaan?' Vroeg Catherine.

"Ja."

'En wat doet dat met jou?'

"In een hoer."

Catherine knikte.

'Trek je outfit uit. Laat ons je mooie lichaam zien.'

Julia's ruggengraat was koud.

Ondanks de maskers voelde Julia hoe alle ogen in de kamer afwachtend wachtten.

Ze trok de doorzichtige outfit overeind en stond helemaal naakt.

Ze weerstond de neiging om haar benen te kruisen en haar gladgeschoren kruis onbedekt te laten.

Ze weerstond ook de neiging om haar kleine borsten te bedekken en haar roze tepels eruit te laten springen.

Catherine deed een stap naar voren en was slechts enkele centimeters van Julia verwijderd.

Hij stak zijn hand uit, raakte Julia's kleine borstje aan en streelde haar zachtjes met zijn hand.

Hij omcirkelde de roze tepel met zijn vinger en kneep er stevig in.

"Ohh ...", hijgde Julia.

"Doe ik je pijn?"

"Een klein beetje."

'Gaan we dan stoppen?'

Julia wist dat ze haar een subtiel ultimatum stelden.

'Nee. Stop alsjeblieft niet.'

Catherine kneep nog steviger in de tepel en liet Julia weer naar adem happen.

'Misschien vind je dat in het begin niet leuk. Maar je ...'

Een gemaskerde, naakte vrouw kwam naar haar toe met een kussen en een stapel wasknijpers in haar hand.

Catherine pakte een van de clips, maakte hem open en plaatste hem op Julia's tepel.

Langzaam liet hij de clip beetje bij beetje op de tepel drukken.

Catherine liet de klem los die de tepel stevig tegen elkaar hield en deed opzwellen.

'Het doet veel pijn,' zei Julia met een lichte wanhoop.

'Wil je stoppen? Over de voorwaarden kan niet worden onderhandeld.'

"Hoe lang blijft de clip daar?"

'Totdat je vanavond twee keer klaarkomt. Ik kan dingen versnellen als je wilt. Het zou gemakkelijker zijn voor een beginner zoals jij.'

"Graag gedaan..."

Catherine vond nog een wasknijper en gebruikte die genadeloos op Julia's andere tepel.

"Ahhh ..." riep Julia.

'Dat zijn tot nu toe twee clips. Dertien meer.'

"Waar ga je ze neerzetten?" Vroeg Julia, bijna bang.

Catherine leunde naar voren en fluisterde in Julia's oor.

'Hoe zit het met je schaamlippen? Dit is de traditionele plek voor een vrouw. Wil je stoppen met lijden of lid worden van onze club?'

Het was het punt waarop geen terugkeer mogelijk was.

Julia nam meteen een besluit, ook al deden haar tepels pijn.

Haar tepels werden donkerrood in plaats van roze.

"Ik weiger te stoppen."

'Ga dan op je rug liggen. En spreid je benen.'

Julia lag op haar rug op het tapijt met haar benen wijd uit elkaar.

Haar vrouwelijkheid was volledig bloot, wachtend op de pijn van de kledingclips.

Catherine knielde neer en nam de tijd om het poesje voor haar te onderzoeken.

Ze bestudeerde het en bewonderde het.

Catherine pakte een wasknijper, maakte hem open en tilde de linkerkant van Julia's lippen op.

'Het kan een beetje pijn doen,' waarschuwde Catherine. 'Je bent een volwassen vrouw. Dus gedraag je zo.'

Met deze waarschuwende woorden liet Catherine de clip wreed los, waardoor haar lippen plotseling spanden en Julia gilde.

Catherine glimlachte en pakte nog een clip, deze keer en liet die voorzichtig op haar lippen los.

Door de druk van de tweede clip veranderden de lippen van vorm.

Catherine zette het proces voort totdat de linkerkant van Julia's lippen bedekt was met wasknijpers.

"Hoe voelt je poesje?" Vroeg Catherine.

Julia legde haar hoofd op het tapijt en vocht tegen de pijn van haar tepels en lippen, die door de kledingklemmen tegen elkaar werden gedrukt.

"Het doet me veel pijn".

'Het laat zien dat je een mens bent. Ik ben er trots op dat je het zo lang hebt volgehouden. Je inwijding is moeilijker dan de meeste omdat je financiële ervaring anders is dan die van ons en je geen slavernijverleden hebt.'

"Ik begrijp het."

"Brave trut. Het moeilijke gedeelte is bijna voorbij."

Catherine pakte nog een kledingclip en legde deze deze keer voorzichtig op Julia's rechterlip.

Julia ging niet achteruit en kreunde niet.

Ze was al gewend aan de pijn in haar gevoelige seksuele gebieden.

Het patroon ging door totdat alle clips op Julia's kutje waren gebruikt.

De eens zo zoete en aantrekkelijke vagina was plotseling misvormd.

De vaginale lippen waren als klei in verschillende richtingen gestrekt.

Catherine keek in Julia's roze kutje en zag dat het nat was.

'Je bent klaar voor je eerste orgasme,' zei Catherine. "Het is niet zoals dat?"

"Ik ben."

Catherine sloeg zonder waarschuwing het midden van Julia's poesje.

De schok deed Julia schreeuwen in een zeldzame combinatie van pijn en plezier.

Het slaan van Julia's kutje ging door totdat Catherine's vingertoppen bedekt waren met vaginaal vocht.

'Je bent doorweekt, mijn liefste,' zei Catherine. 'Ik denk dat je er klaar voor bent.'

Daarmee stak Catherine twee vingers in haar kut en gebruikte ze de vingers van haar andere hand om met Julia's clit te spelen.

Het was een krachtige combinatie.

Zijn vingers waren bedreven in het seksueel behagen van andere vrouwen.

De vingers werden op een bijzondere en bekwame manier bewerkt.

Julia kreunde van plezier.

Ze gaf niet langer om de groep gemaskerde mensen die naar haar keek.

Op dit punt kon ze alleen maar denken aan het branderige gevoel in haar kutje en tepels.

De vingers zetten hun hectische werk voort.

Catherine ging sneller en sneller met meer intensiteit.

Julia's lichaam beefde.

Ze kreunde.

Catherine voelde dat Julia op het punt stond haar eerste orgasme te krijgen, dus ze werkte nog harder en raakte haar hete poesje aan.

Julia kronkelde, kreunde en kromde haar rug.

Julia slaakte een luide schreeuw en haar vingers krulden zich op, waarna haar lichaam ontspande.

"Dit is het eerste orgasme tot nu toe," glimlachte Catherine en keek naar haar vingers, die onder het poesjessap zaten. 'Nu is het tijd voor het tweede orgasme. Maar het wordt iets moeilijker. Je kunt stoppen wanneer je maar wilt. Klaar?'

"Ja."

Catherine knipte met haar vingers en twee gemaskerde naakte vrouwen kwamen naar haar toe en wikkelden leren riemen om Julia's handen en enkels.

Julia moest zich omdraaien, zodat ze op haar knieën viel.

Ze strekten Julia's handen en enkels uit en hingen ze aan haken op de grond.

Julia was bedekt, volledig vastgebonden en weerloos.

'Je laatste test is achttien centimeter op je billen. Maak je geen zorgen, Kitty, ik zal veel glijmiddel voor je gebruiken.'

Julia's ogen werden groot.

De bondage-banden om zijn polsen en enkels waren strak en hij kon nergens heen tenzij hij besloot te stoppen, waardoor zijn relatie met Catherine definitief zou eindigen.

Ze weigerde op te geven, zelfs niet toen ze Catherines vingers in haar kont voelde duwen.

De vingers waren dik besmeurd.

De vingers voelden haar kleine anus zo ver als ze konden.

Catherine was niet erg aardig.

Het waren allemaal zaken voor haar.

Dus legde Julia haar gemaskerde gezicht op de grond en accepteerde ze de penetratie van de vinger in haar kont.

'Ik ga de riem van mijn penis gebruiken die ik zo vaak heb gezien bij mijn onderdanige,' zei Catherine terwijl ze zich over Julia's lichaam boog. "Ik zal eerst langzaam rijden, maar ik hoop dat je later mijn ritme volgt."

Julia had toen herinneringen aan alle gemaskerde mannen die anaal geneukt waren door Catherine's verschillende riemen.

Julia had zich zo vaak voorgesteld dat ze onderdanig was.

Maar ze had nooit gedacht dat het haar echt zou overkomen.

Het uiteinde van de riem drukte stevig tegen Julia's anus.

Catherine gebruikte haar handen om Julia's billen te spreiden en het seksobject in het kleine gaatje te laten komen.

Julia kreunde luid toen het voorwerp haar lichaam binnendrong.

Het drong langzaam in haar rectum door.

Ze klemde haar handen op elkaar en klemde haar tanden op elkaar.

Terwijl het object zijn langzame reis door haar kont voortzette, deed ze haar mond open en kreunde ze.

Hij ging door totdat Catherines kruis tegen zijn rug werd gedrukt.

'Moedig meisje,' zei Catherine in Julia's oor. 'De meeste mensen zouden nu al zijn gestopt. Jij niet. Je bent bijna klaar. Dit zal straks goed aanvoelen.'

Catherine trok zich langzaam terug uit Julia's rectum, gaf toen een zachte duw en duwde hem weer diep naar binnen.

Hij gebruikte het ritme langzaam volgens Julia's spanning.

Elke stoot deed Julia kreunen.

Julia keek de kamer rond toen ze werd gesodomiseerd.

De gemaskerde gasten zwegen en keken naar de show.

Hij vroeg zich af wat ze van haar zouden vinden.

Hij vroeg zich af of ze opgewonden waren.

Hij vroeg zich af of ze ook in zijn reet wilden.

De stoot in Julia's kont ging door.

De pijn ging al snel vergezeld van plezier.

Haar tepels en kutje waren nog steeds pijnlijk van de clips op haar kleren.

De pijn bleef groeien, maar het plezier voelde ook met gelijke of grotere intensiteit.

Haar anus deed nog steeds pijn van het 15 cm grote seksspeeltje, en ze was er niet helemaal aan gewend.

Maar er groeide een vreemd genoegen in haar.

Het was opwindend om door iedereen anaal geneukt te worden.

Het was sensationeel.

De schokken werden sneller en dieper.

Catherine toonde minder gratie en minder tederheid en hij begon heel onbeleefd tegen Julia te zijn.

Julia werd behandeld als een van Catherine's onderdanigen, wat een compliment was voor Julia.

Dat betekende dat Catherine wist dat Julia sterk en waardig genoeg was om anale straffen te krijgen.

'Ik voel dat je orgasme dichterbij komt,' zei Catherine terwijl ze kneep. 'Kom me halen, schat. Doe het en word lid van onze club.'

'Ik probeer het,' hijgde Julia.

'Misschien helpt dat, Kitty.'

Catherine reikte naar beneden en begon te spelen met Julia's clit terwijl ze haar sodomizeerde.

Julia's seksualiteit werd van alle kanten aangevallen.

Haar tepels deden pijn.

Zijn lippen deden pijn.

Zijn anus en endeldarm werden genadeloos geraakt.

Nu werd haar gevoelige clitoris gemasseerd.

"O mijn God!!!" Julia kreunde.

De rug van de jonge vrouw kromde gewelddadig, en haar handen en voeten klemde zich uit alle macht op elkaar.

Vloeistoffen spoten uit haar kutje en bedekten de vloer.

Voor de tweede keer stond hij weer voor iedereen.

'Gefeliciteerd,' zei Catherine, terwijl ze Julia's haar wreef. "Je bent nu lid van onze club."

Catherine verwijderde langzaam het seksspeeltje van Julia's kont en stond op.

Ze keek naar Julia op de grond.

Julia was seksueel uitgeput van die tijd en kwam langzaam weer bij zichzelf terug.

De andere gemaskerde vrouwen kwamen Julia losmaken en de clips van haar tepels en kut verwijderen.

Julia stond op en de andere gemaskerde gasten in de kamer applaudisseerden voor hun nieuwste lid.

NAWOORD

Zes maanden later.

Julia droeg een mooie jurk terwijl ze in de lift wachtte.

Ze had een grote gele envelop vast.

Toen hij zijn appartement bereikte, begroette hij de secretaris met een bekende glimlach.

Toen ging hij naar het kantoor van Catherine.

Er werden grappen uitgewisseld en Catherine opende de envelop om de nieuw ontwikkelde afbeeldingen te bekijken terwijl ze allebei gingen zitten.

'Je hebt jezelf overtroffen,' zei Catherine, terwijl ze naar de foto's keek. "Voortreffelijk werk. De camerahoeken, de verlichting, het weer. Deze zijn perfect. Onze vrienden in de club zullen van ze houden."

'Bedankt. Ik hoop dat je ervan geniet.'

"Het is jammer dat deze foto's privé moeten worden gehouden. Je talent als fotograaf zou door veel meer mensen moeten worden erkend."

'Je herkenning is genoeg,' zei Julia stoutmoedig.

Catherine glimlachte.

"Wat een lief meisje."

'Ik zag mijn cheque op het bureau van de secretaresse liggen. Ik weet zeker dat het weer een genereuze betaling is waar ik heel dankbaar voor ben. Maar vandaag verwachtte ik iets meer ... extra ...'

Catherine bukte zich in haar kantoor om haar slipje onder haar rok uit te trekken.

'Heel goed. Je hebt 30 minuten voor mijn volgende ontmoeting.'

"Heel erg bedankt."

Julia liep nonchalant naar het bureau.

Ze probeerde haar ongeduld te verbergen, maar ze wisten allebei hoe Julia zich voelde.

Catherine spreidde haar benen en zag Julia op haar knieën gaan.

De limiet was dertig minuten, dus Julia verspilde geen tijd aan het eten van het kutje van haar dominante meesteres totdat ze het punt van een orgasme bereikte.

EINDE

BDSM FANTASIE
VAN
ERIKA SANDERS

HOOFDSTUK I

'Nu zit je echt in de problemen.'

Ik snoof zachtjes.

Het was een heel onvrouwelijk geluid, maar op dit moment kon ik alleen maar nadenken over wat er daarna zou gebeuren.

Had hij echt tussen de regels van al onze e-mails gelezen?

Van online chats?

Van nachtelijke telefoontjes?

Misschien had het subtieler moeten zijn.

Dat zeggen alle tijdschriften, toch?

Jongens hebben me nodig om ze te vertellen wat ze moeten doen.

"Ontspan, Debbie."

Het gefluister in mijn oor deed me schrikken.

"Makkelijk om Harry te zeggen."

'Sst. Ik kom zo terug.'

Ik haalde diep adem, blies het langzaam uit en likte mijn droge lippen.

Had hij maar een uur de touwtjes in handen gehad?

Of in ieder geval de mogelijkheid om weg te gaan?

Ik hoorde hem door de kamer lopen, de tv ging weer aan ... toen hij besefte dat hij op mij wachtte om het me gemakkelijk te maken.

Ik sloot mijn ogen, niet dat het er toe deed, want ik kon toch niet door de blinddoek kijken, en ik dacht aan eerder vanavond ...

HOOFDSTUK II

Ik pakte mijn mobiele telefoon en ademde uit.

Mijn vinger zweefde over de SEND-knop, mijn ogen waren gericht op de twee woorden op het scherm: ik ben HIER.

Ik haalde diep adem en bezegelde mijn lot. Ik bad dat mijn zenuwen zouden kalmeren, dat ik me niet langer misselijk zou voelen.

Er was nu geen weg meer terug.

Het geluid van een toiletspoeling overstemde het geluid van een telefoon in de buurt.

Even later ging de deur voor me open en werden mijn zenuwen.

'Ga je daar de hele nacht staan?' Zei hij zachtjes.

De diepe stem kwam uit de verlichte deur.

Harry

Ik hoefde mijn ogen niet te sluiten om het me voor te stellen.

Zijn brede schouders staken dertig centimeter boven me uit en waren in een overhemd gewikkeld met de mouwen tot aan de ellebogen opgerold.

Zijn ogen van obsidiaan staarden met een heldere blik in de mijne.

Zijn grote handen grepen het kozijn en de deur terwijl hij door de gang naar me toe leunde.

Onze laatste en eerste ontmoeting was een week eerder bij een gangster- en cabaretdans.

Mijn eigen terrein, mijn eigen vrienden, mijn eigen comfortzone.

Het was gemakkelijk om verliefd te worden op haar charmes, de manier waarop ze me omhelsde terwijl we langzaam aan het dansen waren.

De manier waarop hij mijn vilten hoed op het parkeerterrein gooide voordat hij me zachtjes kuste en zijn vingers nauwelijks mijn wang raakten.

De manier waarop hij in mijn oor fluisterde dat mijn beslissing om gangsters aan te trekken hem opwond.

Mijn knieën knikten toen hij tegen mijn heup drukte en zijn opwinding liet zien.

Ik had al mijn kracht nodig om de komende zeven dagen uit mezelf te komen, vooral op het werk.

Onze nachtelijke gesprekken aan de telefoon en op internet hielpen niet.

Waarom was ze zo bang?

Ik gunde mezelf het moment waarop ik de hele tijd had gefantaseerd ...

"Debbie?" Hij deed de deur open en stapte met gebogen mondhoeken helemaal de gang in. "Jij bent goed?"

Ik leunde tegen de muur en hield mijn avondtas over mijn schouder.

Het is een fout.

Ik had niet moeten komen.

Wat dacht ik

Wacht, ik heb niet nagedacht.

Ik ...

Zijn vingers raakten mijn wang terwijl hij mijn kin optilde.

'Oké. Wees niet bang.'

"Wie ik?" Mijn stem klonk beverig en totaal niet zelfverzekerd, ook al glimlachte ik.

Zijn frons werd dieper.

Zorgen en teleurstelling waren te zien in zijn donkere ogen.

'Wil je dat niet doen?'

"Ja ik ben in orde."

Ik deed een stap achteruit van de muur en marcheerde naar het hol van de leeuw.

De deur sloeg achter me dicht en ik schrok toen ik om me heen keek.

Het was een standaard hotelkamer met links een jacuzzi, rechts de kledingstang in een nis en een suite met open voorkant, twee lampen en een digitale klok op kleine tafeltjes naast het eenpersoonsbed.

Een bank, een tafel, twee stoelen en een lage ladekast met een televisie eroverheen ronden het meubilair af.

Niet cool.

Maar het was geen speciale gelegenheid.

Nou, niet een waar je een luxe hotelkamer voor zou huren als een huwelijksreis.

Een laag gesnuif ontsnapte aan mijn laatste gedachte.

Nee, niets belangrijks.

Ik trok aan mijn arm en knipperde met mijn ogen.

Mijn ogen gingen omhoog om de zijne te ontmoeten, en zijn vriendelijke glimlach verlichtte de spanning een beetje.

'Laat me je tas meenemen.'

Ik liet de riem los en zag hoe hij de reistas op de ladekast onder het verlichte maar stille televisiescherm zette.

Hij drukte op een knop op de afstandsbediening en het scherm werd zwart.

Nu waren het eigenlijk alleen wij tweeën.

De kleine geluiden leken nu versterkt te worden.

Het zwakke gesis van de airconditioning.

Het gezoem van licht boven onze hoofden.

Het geluid van ijs in de machine net buiten de kamer.

Het gorgelende water in het bubbelbad in de hoek naast het bed.

Nou, misschien is dit toch niet je normale hotelkamer.

Mijn hart klopte in mijn oren.

Ik probeerde gelijkmatig te ademen en me op de hele situatie te concentreren.

In wat hij deed.

Waarom hij het deed.

Een zacht gekreun ontsnapte me toen ik aan het mogelijke eindresultaat dacht en er zat iets in mijn maag samengedrukt.

'Debbie? Ga zitten.'

Hij pakte mijn hand en leidde me naar het bed.

Mijn huid tintelde van contact.

Mijn knieën gingen automatisch uit en toen rustte ik op de richel.

Door mijn kleine gestalte was het moeilijk voor mij om rechtop te zitten en toch het tapijt aan te kunnen raken.

'Je ziet er vanavond mooi uit.'

Ik knipperde weer met mijn ogen en hield mijn hoofd naar hem toe.

Niemand had me ooit mooi genoemd, behalve mijn ouders.

Haar ogen waren gefocust op de jurk die ze vanavond had uitgekozen voor de dans, een rode zijden rok met rozenprint en een zwarte mouwloze, wijde halslijn.

Het was een van mijn favorieten, vooral omdat ik me ondanks mijn kleine lichaam mooi voelde.

Een glimlach trok mijn lippen, blij dat hij het ook leuk had gevonden.

'Het spijt me. Ik ben maar een beetje ...'

"Het is oké, ik snap het". Hij zat naast me en hield nog steeds mijn hand vast.

Een paar minuten lang was het enige geluid dat we maakten onze ademhaling, het was normaal, het mijne was gecompenseerd.

Hoe kun je zo kalm zijn?

Ik hield mijn ogen op mijn schoot en slikte hard toen ik op zijn schoot ging zitten ... ik zag daar de lichte bult.

Van tijd tot tijd kneep hij in mijn hand.

Eindelijk, toen ik me kalm voelde, sloeg ik mijn blik op zijn gezicht.

Hij keek naar me.

De mondhoeken waren nu naar boven gedraaid.

'Ik zal je kussen, oké?'

Ik hield mijn kin schuin en toen pakte zijn hand mijn kaak en trok me dichterbij.

Mijn ogen gingen dicht toen zijn warme lippen de mijne raakten.

Ze raakten elkaar eerst licht aan en gaven me toen een hardere kneep.

Ik kneep in zijn hand, zoog lucht naar binnen en kleine geschreeuw van verbazing bereikte mijn oren.

Zijn hand gleed naar de achterkant van mijn hoofd, zijn vingers begraven in mijn lokken.

Toen zijn tong mijn mond trok, kromp ik ineen.

Toen hij op zijn onderlip beet, hapte ik naar adem.

En toen zijn tong naar binnen gleed en mijn tong trilde, kreunde ik.

Harry bleef mijn mond met de zijne vasthouden totdat onze tongen dansten en van elkaar genoten en mijn gekreun frequenter werd.

Hij trok zijn hand uit de mijne en liet de clip los die mijn kastanjebruine golven vasthield.

De zachte golven rolden over mijn schouders en fluisterden tegen mijn oren en wangen voordat ik ze wegduwde zodat ik mijn hoofd steviger kon vasthouden.

Mijn hand vond zijn dijbeen en kneep, waardoor hij kreunde.

Onze lichamen kronkelden tegen elkaar aan en onze zenuwen ontspanden zich toen hij me op de deken hielp glijden.

Terwijl ik tegen het kussen leunde, zuchtte ik en vervulde verwachting de angst in mijn gespannen spieren.

Zijn vingers streelden mijn wangen, voorhoofd en nek en wervelden door mijn vlechten terwijl hij zijn mond tegen de mijne bewoog.

Het was zacht maar stevig.

Controle, maar ook geen haast.

Mijn vingers gingen omhoog om de contouren van haar nek te volgen door de lichte stoppels van haar kaak naar haar golvende haar dat haar hoofd ondersteunde.

Toen zijn vingers over de brede band van mijn topje naar mijn schouder gleden en mijn blote arm raakten, hield ik mijn adem in mijn mond.

Ze voelde zelfs de warmte van haar aanraking door haar jurk en beha heen.

Ik verlangde ernaar dat hij mijn borst zou nemen om een deel van de druk die ik voelde sinds we elkaar hadden ontmoet, te verlichten.

Het was zo dichtbij, maar het leek dit gebied opzettelijk te vermijden.

"Je smaakt zo goed." Zijn mond bedekte de mijne nog een keer voordat hij naar mijn kin, kaak en achter mijn oor ging, voordat hij zich in de ronding van mijn nek nestelde.

Zijn neus streelde me, zijn tong likte mijn vlees.

Ik haalde diep adem en liet het langzaam kreunend los.

"Je ruikt geweldig."

Ik jammerde en mijn huid tintelde terwijl hij het verwoestte.

'Stop alsjeblieft niet. Mmm.'

"Ik ben niet van plan het te doen." Zijn stem klonk gedempt terwijl hij zachtjes zoog, knabbelde en vervolgens likte met de resulterende scherpe pijn.

Ik pakte zijn armen en verankerde me aan hem.

Zijn warme lichaam drukte tegen mijn zij, waardoor vonken onder mijn huid ontstaken.

Ik wilde het mezelf aandoen, maar ik had gewoon niet de energie.

Of de moed om het initiatief te nemen.

Zijn mond landde vlinderkusjes op mijn schouder en in mijn keel.

Toen hij wegging, opende ik mijn ogen.

Zijn ogen waren gefixeerd, maar niet op mijn gezicht.

Ik vervolgde mijn weg, naar adem snakkend toen ik het object van zijn concentratie zag: de snelle pieken en dalen van mijn borsten, die tegen de randen van de halslijn van de jurk drukten.

Mijn blik keerde terug naar zijn gezicht, net op tijd om hem zijn lippen te zien likken.

"Als je wilt dat ik stop, is dit het moment ..."

"Nee nee nee". Ik kneep mijn ogen samen en een rilling ging door me heen bij de gedachte dat alles zo snel zou kunnen eindigen.

Een zacht lachje was zijn enige antwoord, en toen raakten zijn lippen mijn keel weer.

Langzaam en methodisch bedekten ze elke centimeter van de huid.

Soms schoot zijn tong eruit en liet ik me huiveren.

Ik hield verschillende keren mijn adem in terwijl hij lager ging.

Terwijl zijn lippen de zwelling in mijn borst streelden, greep ik mijn rok en mijn lichaam boog vanzelf naar hem toe.

De platte tong streelde de stijging over de zoom van mijn zwarte satijnen beha en het gevoel van natte hitte brandde me.

Hij bewoog, legde een arm op mijn buik en draaide zijn hoofd om.

Mijn neus zat in haar haar.

Het rook een beetje naar verse lotion na het wassen en ik slaakte een zucht.

Mijn focus verschoof toen ik zijn vinger langs de ronding van mijn decolleté voelde kruipen en in de ruimte tussen mijn borsten dook voordat hij onder de rand van de beha gleed.

Zijn tong volgde hem en er klonk een kreun uit mijn keel.

Mijn tepels waren zo hard dat ze pijn deden.

Als hij maar ...

Mijn lichaam verdraaide en spoorde het aan om een beetje dieper te gaan waar ik het wilde.

Waar ik het nodig had.

Terwijl ik mijn hand bewoog en letterlijk probeerde het heft in eigen handen te nemen om de pijn te verzachten, bewoog hij weer, pakte mijn arm en tilde hem boven mijn hoofd.

Hij stond hoog genoeg op om mijn linkerarm onder hem los te maken en verbond hem aan mijn rechterarm.

Hij hield beide polsen met zijn rechterhand vast, liet zijn mond naar mijn borst zakken en bleef mijn nu brandende huid aanbidden.

"Alsjeblieft ... oh alsjeblieft Harry ..." mompelde ik voorbij het gekreun dat hij uit me trok.

"Wat wil je Deb?" Zijn adem ging door de beha-barrière, waardoor het nog meer pijn deed. "Vertel me wat je wilt."

"Oh ..." Mijn gedachten waren wazig en ik schaamde me plotseling weer.

Waarom begrijp je niet gewoon wat ik van je vraag?

"Dat zou kunnen zijn?" Zijn vingers streelden het onderste deel van mijn borst door de jurk en ik kreunde. "Ja, ik denk dat je dat wilt."

Hij plaagde hem weer en tenslotte pakte zijn hand mijn borst en kneep er zachtjes in.

Zijn duim streek langs de tepel.

Zelfs door het materiaal van de beha heen, stuurde het schokgolven over mijn hele lichaam.

"Oh God!"

Mijn ogen gingen open en ik hield mijn adem in, starend naar het plafond maar zag niets en gaf me over aan het feit dat hij me eindelijk had aangeraakt waar ik hem nodig had.

Ik hapte naar adem toen hij zijn hand ophief en een vinger onder de rand van mijn beha liet glijden, die keer op keer over mijn tepel streek.

Warmte stroomde en verzamelde zich tussen mijn benen.

De wereld kalmeerde.

Zijn lippen raakten mijn oor, zijn adem prikte en deed me nog steeds huiveren.

Mijn adem stokte toen zijn hand dieper in mijn beha gleed om me volledig te raken.

Ik voelde zijn huid een beetje ruw toen hij mijn borst kneedde en mijn tepel tussen zijn duim en andere vingers rolde.

Ik draaide me naar hem toe en mijn mond zocht naar de zijne.

Hij kreunde, drukte zijn lippen op de mijne en drukte me weer op mijn rug.

Ik ging onder hem door en herhaalde zijn gekreun terwijl zijn tong mijn mond veegde en met mijn tong speelde.

Hij kneep weer in mijn borst en trok toen zijn hand terug.

Hij liet mijn linkerpols los, legde zijn hand over mijn schouder en trok zowel de band van mijn jurk als mijn beha over mijn arm.

De koude lucht streek langs mijn nu blote borst.

Mijn tepel trok pijnlijk samen.

Ik was buiten adem en beefde toen zijn vingers over mijn arm gleden en hem langzaam weer boven mijn hoofd tilden.

Toen ik voelde dat hij iets om mijn pols knoopte, schudde ik mezelf automatisch.

"Harry?"

"Ja, Debbie?" Hij kwam naar beneden, kuste mijn arm en op mijn borst en zoog mijn tepel in zijn mond.

"Oh!" Ik vergat wat ik hem moest vragen, mijn zenuwen verdwenen met deze simpele handeling en ik boog me tegen hem op.

Hij grinnikte en plaagde mijn tepel met zijn tong terwijl hij bovenop me klom en mijn andere pols losliet.

Toen hij mijn rechterborst zag, bewoog hij zijn mond naar die kant terwijl hij die hand weer op mijn hoofd legde.

Ik probeerde te slikken en zag hoe hij mijn rechterpols vastbond.

"Je bent zo sexy". Haar ogen waren helder toen ze naast me zat en naar mijn blote borst, jurk en beha net onder mijn borst keek.

Ik trok voorzichtig aan mijn polsen en slikte de spanning in.

Er was genoeg ruimte voor mijn armen om tegen de kussens te ontspannen, maar niet genoeg om me los te kunnen maken wanneer ik dat wilde.

'Ik had niet gedacht dat je het je zou herinneren.'

Wat is er met mijn stem gebeurd?

Het klonk erg hees.

"Oh, ik herinner het me. Ik herinner me alles."

Die luie glimlach, die diepe toon, die plotselinge donkere blik in zijn ogen deden mijn hart sneller kloppen.

Ik dacht aan alles wat we hadden besproken ... en ik vroeg me af of ik iets vergeten was te zeggen.

Maar ik verloor mijn concentratie toen hij onder mijn rug reikte, de sluitingen van mijn beha losmaakte en mijn jurk losmaakte.

Ik hield mijn ogen op hem gericht en zag een duidelijke fascinatie in zijn ogen toen hij aan mijn jurk schudde en steeds meer van mijn naakte lichaam onthulde.

Ze hield haar adem in toen ze mijn zwarte satijnen slipje onthulde.

Ik liep naar hem toe en hij stopte, pakte mijn heupen en streek met zijn duim over mijn bedekte huid.

Toen ik weer naakt was, streek het satijn van mijn rok langs mijn blote benen en gooide de jurk opzij.

Zijn vingers gleden over mijn kuiten, op mijn knieën, en toen weer naar beneden om mijn hielen te openen en te verwijderen.

Ik kreeg een plotselinge golf van woede.

Ik streek langzaam met het puntje van mijn tong over mijn bovenlip en bewoog mijn heupen.

'Vind je het leuk wat je ziet?'

Zijn ogen schoten omhoog naar de mijne en ik zweer dat ik er een vuurflits in zag.

Hij zei niets, maar hij liet zijn vingers onder de zoom van mijn slipje glijden en trok ze langzaam naar beneden.

Ik slikte, me realiserend dat ik me echt zorgen maakte dat hij het misschien leuk zou vinden wat hij zag.

Koude lucht stroomde over me heen en ik kon het niet helpen dat ik mijn dijen samenklemde, kreunend en kronkelend terwijl hij me aanstaarde.

Hij hief een paar keer zijn hand op alsof hij me daar wilde aanraken, maar zijn hand keerde terug naar zijn schoot.

Ik wou dat ik je gedachten kon lezen

Hij stak zijn hand in zijn achterzak, boog zich voorover en streek met zijn lippen over de mijne.

"Jij bent goed?"

Ik haalde een paar keer diep adem en glimlachte toen.

"Ja ik ben oke."

Zijn ogen ontmoetten de mijne en hij glimlachte terug.

"Leugenaar."

Zijn handen gingen over mijn gezicht.

Een zachte doek bedekte mijn ogen, blokkeerde het licht en maakte de elastische band over mijn hoofd vast.

Mijn adem stokte.

Ik kon er niet omheen.

Hij had gelijk.

Een deel van mij maakte zich zorgen dat ik te diep was gegaan.

Ik wilde dat.

Maar toen ik geen controle meer had, keerden mijn zenuwen terug en werd ik bang.

Niet echt Harry, maar wat hij zou doen ... of niet.

Het leek dit eerder te hebben gedaan.

Wat moet ik doen als ik niet aan uw verwachtingen voldoe?

HOOFDSTUK III

Dat bracht ons terug bij mij liggend in bed, volledig naakt, geblinddoekt en handen vastgebonden aan het hoofdeinde.

Harry zat of stond in een ander deel van de kamer en hoorde herhalingen van wet en orde.

Ik betwijfelde ten zeerste of hij tv aan het kijken was.

Ik kon echt zijn ogen op mij voelen.

En het was niet zo ongemakkelijk als je weet dat iemand naar je kijkt en zich afvraagt waarom en dan zenuwachtig rondkijkt om de dader te vinden.

In plaats daarvan voelde ik de hitte in me verspreiden, blij dat ik het bekijken waard was.

Een paar minuten gingen voorbij, de serie ging naar een reclamespotje en op de achtergrond hoorde ik de duidelijke klik van de hotelkamerdeur open en dicht.

"Harry?"

Er was geen antwoord.

Ik probeerde niet in paniek te raken, maar kon het niet helpen, maar ik trok mijn manchetten aan.

Ik hoorde niemand anders in de kamer, wat goed was.

Maar nog steeds...

Mijn gedachten gingen over me heen toen ik de deur weer hoorde opengaan.

Ik hield mijn adem in, hoorde het gerinkel van ijs in een glas en het sissen van een frisdrankblikje toen het openging.

Warmte van een ander lichaam streek langs mijn rechterkant en het bed zakte door het gewicht van iemand die zat.

Ik hapte naar adem toen een koude handpalm langs mijn rechter tepel streek.

"Heb je mij gemist?"

Ik slaakte een haveloze zucht en was opgelucht Harry's stem te horen.

"Vertel me iets de volgende keer dat je gaat!"

'Het spijt me. Ik wilde je niet bang maken.'

Zijn lippen raakten de mijne.

Ik rook de staart in zijn adem.

Onze tongen flirtten even en toen leunde hij achterover.

"Moeten we beginnen?"

Ik glimlachte en ontspande me tegen de kussens.

Ik hoorde dat hij zijn glas neerzette en toen begon hij onder mijn hoofd te snuffelen en de spreien en dekens naar beneden te trekken.

Mijn huid kroop en kreeg kippenvel toen zijn handen mijn lichaam raakten.

Ik hielp zoveel mogelijk in mijn positie door mijn lichaam op te tillen.

Toen ze al alleen op de koude deken lag, verschoof het gewicht van het bed weer en werd de televisie stil.

'Je kunt toch niets zien?'

Ik boog mijn hoofd naar beide kanten en ontspande me toen weer.

"Nee niets."

'Geniet er dan van. En geen woord.'

Ik knikte en bewoog mijn polsen en vingers.

Ik wist dat hij weer naar me keek en dat de warmte zich opstapelde tussen mijn benen.

Ik bewoog mijn heupen, wiebelde met mijn tenen en rolde toen mijn enkels.

Alles wat me afleidt.

Mijn lippen waren plotseling droog en ik likte ze, slikte en vond mijn mond ook droog.

Ik dwong mezelf normaal te ademen en luisterde naar aanwijzingen over wat ze zou kunnen doen.

De airconditioning ging uit en toen hoorde ik alleen maar haar ademhaling.

Maar toch had het geen invloed op mij.

Na nog een paar minuten ontspanden mijn spieren en gingen mijn benen iets open.

Zijn adem stokte en ik glimlachte.

Ik vroeg me af of hij aan het masturberen was, maar hij zou zeker een hint hebben gehoord.

Ik wilde vragen of alles in orde was toen ik het voelde.

Het was een heel lichte aanraking, precies op mijn beide tepels.

Ik kreunde toen ze hard werden.

Het gevoel ging naar beneden en volgde de ronding onder mijn borsten en opzij.

Het was beslist een veertje, de volheid die mijn huid borstelde als de zachtste vingertoppen.

Het bewoog over mijn buik, vormde de contouren van mijn ribben en cirkelde rond mijn navel.

Mijn heupen trilden toen de punt mijn lies raakte, waar mijn been bij mijn lichaam kwam.

Ik huiverde en kirde.

Hij herhaalde de beweging, bewoog zich over mijn heup en langzaam weer terug, langs de lijn van mijn bekken.

Ik kronkelde terwijl hij het platte deel van de veer langs mijn linkerdij liet glijden.

Het kippenvel steeg weer en ik spreidde mijn benen verder en gebruikte mijn voeten om kracht te krijgen tegen het bed en mezelf omhoog te duwen.

Harry giechelde.

"Geduld, Deb."

Maar hij schoof de veer aan de binnenkant van mijn dij onder mijn knie en kuit.

Ik lachte toen hij mijn voet kietelde.

Het was veranderd om aan mijn rechterkant te werken.

Ik voelde de warmte van zijn lichaam over mijn benen buigen.

De pen tekende hetzelfde patroon op het andere been, maar dan terug.

Van mijn voet tot mijn kuit, onder mijn knie en over mijn dij, door mijn bekken en ribben.

Ik kromde mijn rug en kreunde zachtjes toen mijn tepels de opgerolde mouw van zijn overhemd raakten.

"Hé, bedrieg niet!"

Ik glimlachte en likte mijn lippen, maar gedroeg me en leunde achterover.

Hij trok zich terug en ik voelde hem over mijn hoofd bewegen.

De ganzenveer liep langs de onderkant van mijn rechterarm tot aan mijn pols en streek langs mijn vingers.

Hij tekende cirkels op mijn open handpalm voordat hij zich een weg naar beneden langs mijn arm werkte.

De punt ging over mijn schouder, mijn sleutelbeen en mijn nek.

Ik leunde mijn hoofd naar links tegen het kussen en zuchtte terwijl hij schetsen in mijn nek tekende en mijn oor plaagde.

Toen hij de pen onder mijn kin schoof, hield ik mijn hoofd schuin naar de andere kant en zuchtte opnieuw terwijl ik dezelfde bewegingen over mijn nek, over mijn schouder en in mijn linkerarm en hand herhaalde.

Ik bewoog mijn vingers, de pen schoof heen en weer tussen hen in.

Hij stond op en liet mijn lichaam smeken.

Mijn vingers balden zich samen en weergalmden met vernauwingen diep van binnen.

Ik likte weer mijn lippen en voelde mijn hart bonzen.

Gelukkig was het niet lang voorbij.

Een nieuwe sensatie, ik waardeer een zijden sjaal die tegelijkertijd tegen mijn vingertoppen en beide armen werd gewreven.

Het bedekte mijn gezicht en gleed langzaam over mijn neus en mond om mijn nek te bedekken.

Toen het mijn borsten bereikte, stond ik op en kreunde.

Hij wreef het heen en weer over mijn pijnlijke tepels.

Toen streelde het weefsel mijn buik en heupen en streek kort langs mijn bekken op weg naar mijn dijen en voeten.

Hij herhaalde het proces in omgekeerde volgorde en zorgde ervoor dat hij stopte waar hij kreunde van plezier.

En toen was de zakdoek zo snel weg als hij leek.

Ik hoorde Harry door een plastic zak snuffelen en toen lag hij weer naast me op bed.

Er was een klik die klonk als een plastic dop.

Ik hapte naar adem toen er iets kouds mijn linkerborst bedekte.

Zijn tong likte mijn tepel voordat hij hem in zijn mond zoog.

"Ohh!" Ik boog me tegen hem aan en hij gehoorzaamde door zijn tong over mijn borst te trekken, zijn hand vast te pakken en te knijpen.

Toen hij mijn linkerborst leek te likken, ging hij op mijn rechterzij liggen en herhaalde het proces.

Ik voelde de hitte in me pulseren en smeekte om aangeraakt te worden en ik jammerde.

'Ik ken Deb. Ik weet het.' Hij kneep in mijn rechterborst en stak zijn hand uit om me te kussen, terwijl hij zijn tong in mijn mond dompelde. "Mmm."

Ik probeerde chocolade en kreunde ermee.

Hij kuste mijn kin en nek en streelde mijn schouder.

Een straal koude chocola viel op mijn lippen en ik likte hongerig.

Zijn vinger drukte tussen mijn lippen en ik zoog hem diep in mijn mond en veegde er ook chocolade van af.

Toen kroop de koude langs mijn kin en nek.

Het ging door de opening tussen mijn borsten en om mijn navel heen.

Zijn tong en lippen volgden langzaam, waardoor ik rilde van opwinding.

De matrassen kraakten toen hij wegliep, en toen hoorde ik water in de badkamer stromen.

Hij kwam een minuut later terug en streek langzaam een warm washandje over mijn nek, borsten en buik.

De temperatuurverandering deed me naar adem happen en mijn lichaam rimpelde.

Hij was weer aan mijn linkerkant, zijn hand strekte zich uit over mijn buik.

Hij masseerde me even, zijn mond bedekte mijn linker tepel, knabbelde en zoog zachtjes.

Ik probeerde mijn vingers door zijn haar te strijken, maar mijn handen konden hem niet bereiken, wat me eraan herinnerde dat ik terughoudend was.

In plaats daarvan greep ik de lucht vast en probeerde mijn zij tegen hem aan te drukken.

Zijn hand gleed omhoog en vormde een kom op mijn borst.

Ik huilde voordat de plotselinge beet van een ijsblokje over mijn tepel wreef.

Ik trok me terug, maar ik kon nergens heen.

Koud water droop langs mijn borst en ijs stroomde langzaam om mijn tepel.

Het deed pijn, maar de plotselinge pijn werd gevoelloos en ik voelde de warmte weer tussen mijn benen stijgen.

Ik jammerde, probeerde me nu terug te trekken en balde mijn vuisten.

"Sst. Sst."

Zijn vrije hand drukte weer tegen mijn buik en drukte me tegen het bed terwijl hij aan mijn verdoofde tepel zoog en aan het water likte.

Hij trok zich terug en een warme handdoek bedekte mijn trillende borst.

Ik had er klaar voor moeten zijn om naar mijn rechterborst te bewegen, maar het ijsblokje erop verraste me nog steeds.

Ik schreeuwde en kreunde weer en trok me terug, ondanks zijn pogingen om me te kalmeren.

De scherpe pijn kwam terug, kneep in mijn tepel en verdoofde de huid eromheen.

Terwijl het ijs smolt, likte en nam zijn mond het water op, en toen verwarmde de handdoek mijn borst.

Mijn hoofd was nu wazig.

Ze kon niet geloven hoe opgewonden ze was, vooral sinds de ijsbehandeling.

Ik voelde me een beetje schuldig omdat ik van de korte pijn genoot.

Het resulterende plezier was ongelooflijk.

Ik was blij dat Harry mijn polsen had vastgebonden.

Ze was er zeker van dat ze had geprobeerd hem tegen te houden als ze de kans had gehad.

Hoe lang zijn we er eigenlijk al mee bezig?

Mijn gedachten keerden terug naar het heden terwijl het ijs tussen mijn borsten gleed.

Ik schreeuwde en boog me voorover.

Harry pakte mijn zij in zijn handen en drukte me tegen hem aan terwijl hij het ijs op en neer trok met zijn mond in het midden van mijn lichaam en mijn borsten zijn wangen raakten.

Ik voelde de plas water in mijn navel over mijn heupen stromen.

Ik dacht niet dat mijn lichaam kon stoppen met trillen.

Toen het ijs verdween, verving zijn tong het en likte mijn huid, die nu siste onder de koude laag ijs en water.

Zijn handen raakten mijn borsten aan en kneep samen terwijl hij de halslijn in het midden streelde.

Het duurde even voordat ik besefte dat hij tussen mijn benen zat.

Ik hief onmiddellijk mijn knieën op tot aan zijn heupen.

Hij voelde zich zo tegen me aan geklemd, waar hij het meest aangeraakt moest worden.

Ik zuchtte bij de hitte van zijn harde bobbel die door zijn broek heen te zien was.

Zijn diepe lach trilde door mijn borst.

'Oké. Ik heb het idee.'

Hij liet me los en kroop over mijn benen.

Ik klaagde over de plotselinge afwezigheid, maar zijn hand op mijn heup kalmeerde mijn verwrongen lichaam.

Zijn vingers baanden zich een weg tussen mijn krullen en mijn hete huid.

Ik zuchtte.

Mijn benen gingen weer uit elkaar.

Een van zijn vingers drukte tegen mijn gladde spleetje en raakte even mijn clitoris aan.

Ik kirde en spreidde mijn benen wijder.

Hij streek langzaam met de palm van zijn hand over mijn buitenste lippen.

Af en toe maakte hij zijn vinger nat, trok hem van begin tot eind en liet me naar adem happen.

Zijn hand stopte en vormde een kom op mijn heuvel. Twee vingers drukten en spanden gezwollen lippen.

Ik hield mijn adem in terwijl zijn duim om mijn clitoris cirkelde.

En toen gleed een vinger naar beneden.

Hij speelde ermee, volgde de rand van mijn gretige gat voordat hij de wanden van mijn binnenste lippen ging borstelen.

Mijn heupen trilden en probeerden het in me te drukken.

Zijn vrije hand drukte mijn heupen op het bed en daarna streelde hij mijn poesje volledig.

De hiel van de hand rustte op mijn bekkenbeen terwijl zijn eerste drie vingers door de vallei glijden en lekker tegen mijn clitoris kruipen.

En opnieuw.

Het was een voortreffelijk gevoel dat hem er eindelijk toe bracht me aan te raken en een deel van de druk die ik voelde te verminderen.

Mijn handen balden zich vast, mijn lichaam kronkelde en probeerde zichzelf te bevrijden.

Ik kreunde en gooide mijn hoofd achterover op het kussen terwijl hij twee dikke vingers in me drukte en toen mijn tepel tussen mijn tanden zoog.

Zijn hand versnelde en kneep hard en diep.

De spanning in mijn buik nam toe en ik trok schreeuwend mijn dijen om zijn hand.

Zijn hand stopte, maar zijn vingers bleven bewegen, nog steeds begraven tussen mijn benen.

Hij zoog op mijn borst terwijl ik naar mijn eerste climax reed.

Toen ik op adem kwam na het afspuiten, trok hij zich terug.

Ik hoorde hem de tas opnieuw doorzoeken en toen ging hij tussen mijn benen liggen en mijn dijen spreiden.

Mijn adem stokte weer toen ik iets romigs en kouds over mijn poesje voelde stromen.

Ik kromp ineen en zoog op mijn onderlip, niet in staat te voorkomen dat mijn heupen in hem uitpuilden.

Zijn vingers raakten de binnenkant van mijn dijen, en toen kneep hij in een vinger en duwde die op en neer in mijn kutje.

Ik slikte en haalde diep adem, zodat hij zijn vinger in mijn mond kon steken.

Mijn lippen sloten zich om zijn vinger.

Ik kreunde bij de smaak van slagroom met een vleugje van mijn eigen sekssappen.

Terwijl hij aan haar vinger zoog, streelde hij die in en uit, alsof hij deed wat hij eerder had gedaan.

Het was niet moeilijk te onthouden dat hij dit met meer dan alleen zijn vingers deed.

Ik dacht alleen maar aan het feit dat hij mijn kutje bedekte met slagroom en hoogstwaarschijnlijk raadde waarom ik naar adem snakte van mijn recente ervaring met chocolade.

Hij had vaker met me gespeeld dan ik kon tellen.

En ook al had ik vanavond veel nieuwe ervaringen, ik had nooit gedacht dat een jongen me daar zou likken.

Ik voelde hem op het bed zitten en me niet aanraken.

Hij gromde lang en zacht.

Het was het meest sexy geluid dat ik ooit had gehoord, en ik moest het herhalen.

De onderste laag slagroom begon te smelten en rond mijn clitoris te druppelen.

Ik bewoog en kreunde zachtjes terwijl hij nog meer slagroom tussen mijn lippen duwde.

Ik had daar eerder scheerschuim aangebracht toen ik probeerde mijn poesje te scheren, en het gevoel was nu net zo erotisch, mijn gevoelige huid kneep en streelde.

'We worden een beetje strijdlustig, nietwaar?'

Ik maakte een onbegrijpelijk geluid van ongeduld en hij lachte.

Ik hield net zoveel van zijn lach als van zijn sexy gegrom.

Ik probeerde te slikken en genoot van wat hij me mentaal en fysiek had aangedaan, ondanks mijn af en toe optredende frustraties.

Harry streek met zijn vingers over mijn linkerborst, langs de zware bocht eronder, over de zachte branding erboven, die de tepelhof omlijnde.

Hij vormde een kom en masseerde mijn borst.

Zijn duim en wijsvinger drukten op mijn tepel.

Ik beet op mijn lip om niet te schreeuwen.

Hij wreef zachtjes over de harde bult heen en weer, drukte zijn handpalm ertegenaan en verzachtte de scherpe pijn.

Zijn hand gleed over de middelste halslijn en streek langs mijn rechterborst.

Zijn vingers raakten me weer, mijn huid opwindend en nieuw vuur tussen mijn benen.

Toen hij in mijn tepel kneep, rolde ik me naar hem toe en wilde dat hij mijn mond er weer op zou zetten.

"Erg gevoelig."

Zijn adem streek langs mijn wang, zijn tong liep langs mijn kaak en toen vervulde hij mijn wens.

Zijn lippen sloten zich rond mijn tepel en zoog de scherpe pijn die ik had veroorzaakt zachtjes op.

Ik wiegde heen en weer en kreunde.

Ik voelde de slagroom nu aan mijn dijen plakken en vroeg me af of ik het vergeten was.

Ik wilde niet dat hij stopte met het likken van mijn borst, maar opeens wilde ik hem naar beneden.

Ik wilde weten hoe het voelde toen zijn tong me daar plaagde, net zoals hij mijn tepel plaagde.

Hoe het zou voelen als het puntje van zijn tong in me drukte en zijn tanden op mijn gladde huid bijten.

Hij streek weer met zijn platte tong over mijn tepel en gleed toen over mijn lichaam, kuste en knabbelde en likte onderweg elke centimeter van mijn huid.

Het duurde niet lang voordat het tussen mijn benen zat.

Hij kuste mijn heupen en streek toen met zijn tong over het gewricht tussen mijn benen en mijn bekken.

Hij voegde nog een laag slagroom toe, sloeg zijn armen onder mijn dijen en ging uit elkaar.

Ik kreunde, mijn lichaam schokte een beetje.

Ik voelde zijn hete adem tegen mijn zachte krullen.

Ik huilde toen zijn tong naar buiten kwam en mijn clitoris raakte.

Ik spreidde mijn benen verder en hij tilde mijn blote poesje dichter bij zijn mond.

Zijn tong likte me weer en ik kreunde van opluchting.

Zijn vingers masseerden mijn dijen terwijl hij mijn poesje dieper likte.

Ik hoorde het zachte geluid van haar tong die het mengsel van mijn vocht en de smeerroom bedekte.

Zijn tong was overal zonder enige spleten te missen.

Het was een langzaam en moeizaam proces, en ik bad dat het niet snel zou stoppen.

Ik liet mezelf gaan, mijn heupen trilden onder zijn mond.

Terwijl hij aan mijn klit zoog, schreeuwde ik opnieuw.

Toen hij het puntje van zijn tong tegen me drukte, kreunde ik.

Ik kon geen genoeg van hem krijgen.

En ik wilde hem meer dan ooit aanraken.

Ik vervloekte mijn banden ... en ze verhoogden tegelijkertijd nog steeds het opwindingsniveau.

Ik heb nog nooit zoveel gevoelens tegelijk in mij gehad.

Ik kwam een tweede keer toen zijn vinger weer in me gleed.

Hij streelde me door mijn orgasme heen, zijn mond klampt zich nog steeds vast aan mijn clitoris, zijn hete adem vermengd met mijn eigen warmte en nattigheid.

Ik kwam net van mijn hoogtepunt toen ik het ijsblokje voelde en schreeuwde.

Ik had het naar binnen geduwd en koud water liep tussen mijn billen.

Zijn vingers kneepten samen, hielden het ijs op zijn plaats en mijn hitte smolt het.

Ik voelde mijn spieren rond zijn vingers strakker worden en hij streelde ze langzaam in en uit, op hetzelfde moment als mijn geschreeuw.

Er werd weer een ijsblokje toegevoegd, dit keer tegen mijn clitoris.

Ik viel weer in een orgasme, mijn hoofd rolde heen en weer tussen mijn opgeheven armen, voelde het ijs en zijn vingers strelen me.

Zijn mond likte weer aan mijn poesje terwijl ik onder hem kronkelde.

Op de een of andere manier slaagden mijn vingers erin het kussen te pakken.

Ik denk dat ik een paar vloeken heb uitgeschreeuwd omdat Harry giechelde en iets over mij zei, zoals "Je bent een stoute meid", het geluid trilde tegen mijn huid.

Ten slotte bood hij me wat verlichting, liep weg en liet mijn benen op het bed zakken.

Ik hapte naar adem met kleine ogen.

Mijn lichaam stond in brand, alsof niets dat ik eerder had gedaan helemaal tevreden was, en toch voelde ik me uitgeput.

Zijn mond bedekte de mijne.

Ik vond de kracht om hem terug te kussen, mijn eigen zoete muskus op zijn lippen te proeven en te ruiken.

HOOFDSTUK IV

Ik moet in slaap zijn gevallen, want de volgende gedachte was me af te vragen waarom ik met mijn gezicht naar beneden op mijn buik lag.

Mijn polsen waren nog steeds vastgebonden aan het hoofdeinde van het bed boven mijn hoofd.

Ik was nog steeds geblinddoekt en nog steeds naakt, maar ik draaide me om.

Ik zuchtte en voelde mijn borsten tegen het warme laken drukken. Mijn gezicht was genesteld in een kussen dat tussen mijn hoofd en mijn armen lag.

Hij kon nu bij de houten latten op het hoofdeinde komen.

Ik pakte het lichtjes vast en rook mijn zweet en parfum op het kussen.

Ik stond op het punt Harry te bellen toen ik warme vloeistof op mijn schouderbladen voelde en toen het gevoel van handen die de vloeistof over mijn huid verspreidden.

Het rook naar lavendel.

'Welkom terug Deb. Je hebt een dutje gedaan.' Hij boog zich voorover en kuste mijn wang. 'Ik heb misbruik gemaakt van de situatie en je geherpositioneerd. Gaat het goed met je? Doen je armen pijn?'

Ik glimlachte en mompelde:

"Ik voel me niet goed".

"Goed."

Hij kuste me opnieuw en begon toen mijn rug en schouders te masseren.

Zijn vingers gleden over de huid van de olie.

Zijn handen kneep en trokken zachtjes aan mijn spieren, diep in mij kreunend en zuchtend.

Ik had verschillende massages gehad, maar geen enkele was zo sensueel geweest.

Het zette me meer aan dan het feitelijk de opgebouwde spanning verlichtte.

Zijn vingers gingen naar de basis van mijn hoofd en masseerden mijn hoofdhuid en achter mijn oren.

Ik haalde langzaam adem en herinnerde me waar die vingers me nog meer hadden gemasseerd.

Toen hij klaar was met mijn nek, bracht hij zijn armen naar mijn handen.

Onze vingers kruisten elkaar en waren besmeurd met olie.

Hij kneep in mijn handen en kwam terug naar mijn rug en zijkanten.

Ik huiverde toen zijn vingers mijn borsten raakten en de olie rond mijn borst wreef waar zijn vingers konden komen.

Ik kreunde nu, voelde het gewicht van zijn lichaam tussen mijn benen en drukte tegen mijn kont.

Ik kromp ineen toen ik voelde dat zijn bobbel hard werd, maar hij deed een stap achteruit en werkte nu aan mijn benen.

Ik jammerde en begroef mijn gezicht in het kussen om het geluid te dempen.

Hij maakte mijn voeten af en gleed langzaam zijn handen over mijn billen, langs mijn billen en drukte langs mijn middel, heupen en zijkanten.

Zijn vingers raakten weer de zijkanten van mijn borsten en toen ging hij bovenop me liggen, zijn mond tegen mijn nek.

Hij streek mijn haar opzij en knabbelde aan mijn rechteroorlel, waardoor ik kreunde.

Ik zuchtte en bewoog mijn kont tegen hem aan, terwijl ik zijn hardheid op zijn beurt voelde kloppen.

Ze wilde niet smeken en had afgesproken om niets te zeggen, maar ondanks de massage had ze het warm en voelde ze zich ongemakkelijk.

Hij had meer nodig.

"Harry?" Ik jammerde en boog me weer overeind.

"Ja, Debbie?"

Het klonk leuk.

Alsof ik erop wachtte.

Hij drukte zich tegen me aan.

Gromde ik.

"Graag gedaan?"

Hij likte mijn nek.

"Alsjeblieft dit?"

"Graag gedaan..."

"Hmm?" Hij stond op, ik hoorde het ritselen van zijn kleren en ging toen naast me zitten, zijn blote dij tegen mijn schouder.

Zijn hand streelde mijn onderrug en streelde mijn kont.

"Wat wil je Deb?"

Ik kon even niet ademen omdat ik wist dat zijn pik er was.

Ik jammerde en beet op mijn lip.

"Even kijken."

Hij verwijderde de blinddoek en ik moest verschillende keren knipperen om aan het licht te wennen.

Ik zag zijn blote schouder en een tatoeage van prikkeldraad rond zijn linker biceps.

Mijn ogen bewogen naar beneden en ik voelde iets diep in me verdraaien van behoefte toen ik zijn pik zag, hard en dik op haar dij.

Hij wees recht naar me, zijn hoofd felrood.

Ik hield mijn adem in, draaide mijn gezicht naar het kussen en pakte de latten van het hoofdeinde weer op.

"Dat is het?" Zijn hand bewoog lager en streelde de binnenkant van mijn dij.

Kronkelde ik kreunend.

"Niet."

'Wat wil je nog meer, Deb?' Zijn stem was zachter en hees.

Ik dwong mezelf te slikken en sloot mijn ogen.

'Jij. Ik wil je. Alsjeblieft.'

"Om te?" Zijn vingers gleden door mijn nattigheid en wreven tegen mijn clitoris.

Ik hapte naar adem en mijn ogen gingen open.

Op de een of andere manier vond ik mijn stem weer.

"Ik wil meer."

Hij aaide me langzaam.

Zijn vingers groeven in me.

"Om te?"

"Ik wil meer."

Ik probeerde mijn knieën onder me te krijgen, mijn benen wijder te spreiden, en voelde hem dieper.

"Hoe zou het zijn met?" Zijn stem was een warm gefluister in mijn oor.

Ik jammerde toen ik voelde dat hij zijn pik tegen me aan drukte en hem heen en weer streelde tussen mijn buitenste lippen.

"Oh alsjeblieft ja!"

'Wat moet ik nu doen, Deb?'

Mijn tong verstijfde.

Ik dacht net aan vieze dingen in mijn hoofd.

Ik had nooit gedacht dat ik zulke woorden hardop zou zeggen.

Tot nu.

Maar hij kon het niet zeggen.

Ik kon gewoon niet ...

Hij leunde over mijn rug, zijn pik rustte tussen mijn billen en fluisterde in mijn oor:

'Wil je dat ik je neuk, Debbie? Wil je dat ik het echt rustig aan doe?'

Ik verslikte me en knikte toen zo boos dat mijn nek pijn deed van de inspanning.

Hij giechelde, ging weer zitten en greep mijn linkerheup met zijn sterke hand.

Ik voelde hoe hij zijn pik bewoog totdat hij tussen mijn buitenste lippen rustte.

De druk nam toe.

Mijn hele lichaam spande zich.

Ze had vaak met speelgoed gespeeld, dus ze was gewend aan de grootte van zijn staart.

Maar ik stelde me gewoon voor hoe het zou zijn om het echt van binnen te voelen.

Ook al was ik opgewonden en geëxpandeerd, ik maakte me nog steeds zorgen over de pijn.

Hij duwde mijn knieën tegen de zijne en ze gleden verder in de lakens.

Hij drukte opnieuw en deze keer ging hij naar binnen.

Ik verslikte me weer, begroef mijn gezicht in het kussen en deed alsof ik zijn vingers was in plaats van zijn lul, zodat ik me kon ontspannen.

En zoals beloofd, stapte hij langzaam, centimeter voor centimeter, mijn hete, natte poesje binnen.

Ik kon het gevoel niet geloven.

Er was geen pijn.

In plaats daarvan was er een sterke, beukende hitte.

En plezier.

Oh wat een genoegen!

Ik dacht dat het nooit zou stoppen en toen deed het dat en we stonden allebei heel stil.

"Gaat het goed, Deb?"

Een hand hield nog steeds mijn heup vast

De ander streelde mijn rug.

Ik zou "ja" kunnen zeggen.

Hij kon zich alleen onze erotische scène voorstellen: ik op handen en voeten, mijn polsen vastgebonden aan het bed, mijn kont naar hem toe geheven.

Hij knielde achter me, zijn pik diep in me begraven, zijn handen op mijn heupen.

De beving ging door me heen.

Ik had nooit gedacht dat ik onderdanig zou zijn ... tot vanavond.

Hij begon zich terug te trekken.

Hij liep langzaam, een beetje naar buiten, weer naar binnen; Hij ging helemaal terug totdat hij uitgleed en alleen het hoofd van zijn lid achterliet.

Het was een geweldige ervaring en ik kon maar een beetje naar adem happen terwijl ze bewoog.

Zijn twee handen grepen nu mijn heupen en hij neukte me langzaam in en uit, terwijl hij mijn lichaam heen en weer tegen hem wiegde.

Het raakte in een ritme en ik bewoog op dezelfde manier uit eigen vrije wil.

Toen hij helemaal naar beneden duwde, stopte voor een extra diepe stoot en zijn ballen tegen mijn kont drukte, kreunde ik harder.

Ik verloor de tijd uit het oog en genoot gewoon van de sensaties:

Zijn handen op mijn lichaam.

Zijn pik in mij.

Het doffe geluid van hem gleed in mijn kutje.

Mijn hart klopte in mijn hoofd.

Onze zware ademhaling.

Ik weet niet of hij iets zei, maar ik was zo gefocust op de druk in mij dat ik niet denk dat ik hem zou hebben gehoord als hij dat wel deed.

Hij had zijn snelheid niet altijd verhoogd.

Dus de hele ervaring werd geïntensiveerd, de vreugde werd gewonnen.

Hij bewoog een beetje, mogelijk om de druk op zijn knieën te verlichten.

Het maakte niet uit waarom hij het deed, maar hij ging ook naar binnen en ik schreeuwde toen ik me realiseerde dat hij mijn g-spot had geraakt.

Hij zweeg even tijdens zijn terugtocht.

'Debbie? Heb ik je pijn gedaan? Gaat het?'

"Daar!" Ik kon alleen maar zeggen dat mijn adem stokte in mijn keel en hem aanspoorde om in stilte verder te gaan.

Ik pakte de latten bij het hoofdeinde en probeerde tegen hem aan te duwen, maar zijn handen hielden me tegen.

Hij duwde naar voren en ik schreeuwde toen hij hem weer sloeg. "Daar!"

'Ah. Begrepen, Deb. Begrepen.'

En dat deed hij.

Keer op keer glipte hij diep in deze perfecte plek.

De rand kwam steeds dichterbij.

En toen draaide ik me om en schreeuwde de hele weg.

Ik liet me weer tegen het bed zakken, maar hij bleef maar strelen en bemoedigende woorden fluisteren.

Hij begreep nauwelijks wat hij zei, maar zijn diepe stem klonk rustgevend.

Ik voelde dat zijn handen me steviger kneep.

Zijn heupen bonsden in mijn kont, een hete stroom drong diep door me heen, ik huilde met hem mee en toen zwegen we.

Verrassend genoeg streelde hij me weer zo langzaam als voorheen en kreeg ik weer een orgasme.

Toen ik onder hem huiverde, reikte Harry naar voren en maakte mijn polsen los.

Ik viel zijwaarts.

Hij trok me terug naar zijn borst, nog steeds in me.

Tranen welden in mijn ogen toen een van zijn handen mijn borst bedekte en me streelde.

Zijn andere hand viel op mijn heuvel, zijn vingers gleden tussen mijn dijen om over mijn clitoris te wrijven.

En ik kwam voor de vijfde keer.

Op een gegeven moment trok ik zijn handen weg.

Ik voelde zijn pik uit me glijden en tegen mijn been leunen.

Hij spreidde kusjes op mijn schouderblad en hield me in de lepelpositie tegen hem aan.

Toen ik terugkwam in de realiteit en op adem kwam, draaide ik me om en keek hem aan.

Zijn armen sloegen om me heen en trokken me dichterbij.

'We hebben de hot tub niet gebruikt,' mompelde ik tegen zijn schouder.

"Wat, niet genoeg plezier voor één nacht?" Hij grinnikte en drukte zijn lippen tegen mijn voorhoofd en streek mijn haar achter mijn oor. 'De check-out is morgen pas om 12.00 uur. We hebben dus tijd genoeg.'

Ik leunde met mijn hoofd achterover zodat ik in zijn donkere ogen kon kijken.

Ze zagen er zwaar en slaperig uit als de mijne.

Ik slaagde erin mijn geeuw met een glimlach te verbergen.

"Goed, want ik heb geen wraak en ik ben een slet."

EINDE

90

9 798227 228673